KB184359

모아나

모투누이 섬의 길잡이 마스터 모아나는 강인하고 모험심이 넘치는 십 대 소녀다. 테 피티의 심장을 돌려주기 위한 여정을 끝내고 돌아온 모아나는 여동생 시메아와 가족과 함께 행복한 시간을 보낸다. 하지만 조상으로부터 '잃어버린 섬 모투페투를 찾아 바다를 연결하고, 그곳에 사는 사람들과 다시 만나라'는 부름을 듣게 된다. 가족을 다시 떠나야 하지만, 모아나는 이 목소리를 뿌리칠 수 없다.

모투누이 섬의 심술궂은 농부 켈레는 늘 땅과 교감한다. 단단한 땅에서 두 발로 걷는 것이 훨씬 편하기에 모아나의 새로운 여정에 선원으로 합류하길 망설인다. 그는 수영도 할 줄 모른다! 항해를 시작하자마자 켈레는 모투누이로 돌아가 자신이 사랑하는 땅과 농작물과 재회할 날만을 간절히 바라고 있다.

켈레

로토

로토는 새로운 것을 배우길 좋아하고 배를 잘 만드는 열여섯 살 소녀다. 발명가이자 손재주가 뛰어난 로토는 잔뜩 업그레이드된 최고급 카누를 만든다. 제일 좋아하는 도구는 아드제인데, 어딜 가든 항상 손에 들고 마구잡이로 휘두른다. 그러다 가끔 실수로 다른 사람을 위험에 빠트리기도 한다. 모아나는 로토의 천재성을 높이 사 이번 모험에 함께해 달라고 부탁한다.

마을의 역사가 모니는 항상 스토리텔링 팔레에 있다. 그곳에서 이야기를 듣고 싶어 하는 사람들에게 경이로운 이야기를 들려준다. 모니가 좋아하는 이야기는 요즘 그가 푹 빠진 반신 마우이에 관한 것이라면 뭐든지 다이다. 이야기를 하지 않을 때는 지금 일어나고 있는 중요한 사건을 놀라운 속도로 그리고 있을 때가 많다. 바다의 역사에 관해 누구보다도 잘 알고 있어서 모아나가 낯선 바다를 항해할 때 완벽한 동료가 된다.

모니

마탕이

보라색 눈동자를 가진 마탕이는 영역 간의 통로가 열리는 것을 막기 위해 천 년이 넘도록 거대한 조개 안에서 수호자 역할을 해 온 강력한 반신이다. 항상 안개 속에 몸을 숨긴 채 그림자 속에서 움직이거나 마법의 시아포 망토를 이용해 박쥐처럼 거꾸로 매달려 있다. 마탕이의 박쥐 조수 페카는 필요할 때마다 마탕이의 요청을 수행하며 돕는다.

시메아는 활기 넘치는 세 살배기 말썽꾸러기 여동생이다. 언니를 정말 아끼고 사랑한다. 모아나처럼 호기심 많은 탐험가로, 언니가 길 찾기에 관해 모든 것을 전수해 주기를 간절히 기다린다. 모아나가 모투페투로 여정을 떠나자 속상해하지만 모아나가 떠나 있더라도 바다가 그들을 연결해 줄 것이라는 사실에 안도한다. 시메아가 어디에 있든 둘은 항상 함께.

시메아

헤이헤이

푸아

푸아와 헤이헤이는 모아나의 동물 친구다. 푸아는 사랑스러운 돼지로 늘 겁에 질려 있지만 친구 모아나와 함께라면 언제든 위험한 곳에 뛰어들 준비가 되어 있다. 수탉 헤이헤이는 꽤 멍청한 편이지만 우연히 위기에서 모두를 구하며 주변 사람들을 종종 놀라게 한다. 모아나는 이번 항해에 친구들과 함께하게 되어 기쁘다.

마우이

마우이는 바람과 바다의 반신이자 모두의 영웅이다. 카리스마 넘치고 허풍 떨기 좋아하는 그는 모아나의 친구다. 마법 갈고리(자주 잃어버리는)를 이용해 거대한 고래에서 작은 곤충까지 다양한 동물로 변신할 수 있다. 근육질에 덩치가 크고 운동 신경이 뛰어난 데다, 재치 있고 문신이 가득한 마우이는 처음에는 모아나를 최대한 외면하려고 했지만 결국에는 있는 힘껏 그를 지켜주게 된다.

디즈니 모아나2 소설

1판 1쇄 펴냄 2024년 12월 31일

글 엘리자베스 러드닉

옮긴이 김민정

펴낸이 하진석

펴낸곳 ART NOUVEAU

주소 서울시 마포구 독막로3길 51

전화 02-518-3919

팩스 0505-318-3919

이메일 book@charmdol.com

신고번호 제2016-000164호

신고일자 2016년 6월 7일

ISBN 979-11-91212-49-5 03840

차례

1장 ·················· 15

2장 ·················· 21

3장 ·················· 30

4장 ·················· 38

5장 ·················· 47

6장 ·················· 56

7장 ·················· 64

8장 ·················· 69

9장 ·················· 76

10장 ·················· 84

11장 ·················· 91

12장 ·················· 97

13장 ··················104

14장 ··················110

15장 ··················119

16장 ··················125

17장 ··················131

18장 ··················137

19장 ··················143

에필로그 ··············149

1장

모투누이 해변에서 멀리 떨어진 깊은 정글 속, 온 세상이 고요하다. 나무 꼭대기 사이로 비치는 이른 아침 햇살은 덩굴로 뒤덮인 땅 이곳저곳을 밝게 비춘다. 부드럽게 해안으로 밀려드는 파도 소리와 간간이 새의 노랫소리만이 들릴 뿐이었다.

바로 그때….

획!

길 찾기 달인, 모아나가 나타났다. 모아나는 집중하느라 이마를 잔뜩 찌푸린 채 숨을 헉헉 몰아쉬며 정글을 질주하고 있다. 모아나는 지금 손에 노를 쥔 채 시끄럽게 꿀꿀대는 뭔가로부터 도망치는 중이다.

깊은 협곡 아래로 떨어지기 전, 모아나는 비명을 지르며 간신히 미끄러지듯 멈췄다. 저 멀리 희미하게 산이 보인다. 모아나는 돌아서서 뒤를 확인했다. 짐승이 점점 가까이 다가오고 있다. 이제 방법은 하나뿐이다.

모아나는 뛰어올랐다. 숨 한 번 몰아쉴 시간 동안 협곡 위를 붕 하고 날아오른 다음 쿵 하는 소리를 내며 반대편 툭 튀어나온 바위 위에 착지했다. 그러곤 노에 몸을 기댄 채 잠시 숨을 골랐다.

짐승의 그르렁대는 소리가 점점 가까워지며 크게 들렸다. 점점 더 가까이, 또 가까이….

"푸아!" 모아나는 협곡 너머에 자신의 의리 있고 사랑스러운 친구가 나타나자 환하게 웃었다. 푸아는 추격하느라 지친 다리를 부들부들 떨며 가쁜 숨을 몰아쉬더니 모아나와 시선이 마주쳤다. 멀리서 보아도 푸아가 지쳤다는 걸 확실히 알 수 있었다.

"거의 다 왔어! 그냥 폴짝 뛰기만 하면 돼!" 모아나는 큰 소리로 응원했다. 푸아의 두 눈이 마구 흔들렸다. "어느 정도는."

푸아도 아래를 내려다보았다. 협곡은 끝없이 이어지는 듯했다. 게다가 협곡의 바위 아래에는 두껍고 날카로운 가시덤불이 가득했다. 푸아는 고개를 들어 다시 한번 모아나를 바라보았다. 모아나는 그 눈빛이 무슨 의미인지 정확히 알고 있었다. 푸아는 절대 스스로 한 발짝도 떼지 않을 것이다.

모아나는 산비탈을 기어오르느라 손가락은 욱신욱신 아프고 다리에는 쥐가 날 지경이었다. 등에는 모아나가 만든 슬링에 매달린 푸아가 무서워서 끙끙대고 있었다. 꼭 푸아 때문만은 아니었다. 여기저기서 바위가 부서져 내리고 있는 암벽에 손과 발로만 매달려 있기 때문이었다.

"야, 이번엔 네가 오겠다고 했잖아." 모아나는 팔을 크게 돌려 바위의 툭 튀어나온 부분에 올렸다. 모아나는 손가락 끝에 평평한 땅이 느껴지자 승리의 함성을 질렀다. 드디어 꼭대기까지 올라왔다! 푸아와 함께 올라오니 눈앞에는….

"헤이헤이?" 모아나는 퉁방울눈을 한 수탉을 쳐다보며 말했다.

"어떻게?"

헤이헤이는 멍한 눈으로 모아나를 쳐다보았다. 모아나는 고개를 흔들며 벌떡 일어났다. 그들이 있는 곳은 버려진 작은 섬의 가장 높은 봉우리 위였다. 주위를 감싼 청록색 바다 위로 아침 햇살을 받은 윤슬이 반짝였다. 모아나는 한참이나 새로운 발견의 기쁨을 만끽했다. 낯선 곳에 서 있을 때의 기분이란 절대 질리지 않는다. 모아나는 다른 많은 빈 섬에서 했던 것처럼 목걸이에서 작은 조개껍질을 하나 떼어 땅 위에 놓았다. 그런 뒤에 허리띠에서 소라고둥을 꺼내 입술에 대고 불었다.

고둥 소리가 바다 위 파도를 타고 지평선까지 맑게 퍼졌다. 모아나는 희망을 품고 귀를 기울였다.

"뭔가 들려?" 모아나는 친구들에게 물었다. 뒤를 돌아보니 푸아가 귀를 쫑긋 세운 채 진지한 표정으로 귀를 기울이고 있었다.

모아나는 한숨을 몰아쉬며 다시 바다를 향해 돌아섰다. "저 멀리 누군가 다른 사람들이 있을 거야. 다른 마을, 다른 사람들 말이야." 모아나는 결연한 목소리로 말했다. "그리고 언젠가, 누군가가…." 모아나는 말꼬리를 흐렸다. 저 멀리 누군가 응답하는 소리가 들리는 듯했다. 희망이 마음속에 가득 차올라 모아나는 두 눈을 크게 떴다.

하지만 고개를 돌려 보니 조개가 목에 걸린 헤이헤이가 내는 소리였다. 헤이헤이는 긴 통나무처럼 생긴 바위 끝에 있었다. 그리고 반대쪽 끝에는 푸아가 앉아서 수탉이 조개를 뱉어 내는 모습을 흥미진진하게 지켜보고 있었다.

"늘 이렇지." 모아나는 실망하긴 했지만 미소를 지으며 말했다. 그 말에 대답이라도 하듯 헤이헤이는 여전히 멍하게 모아나를 쳐다봤다. 그때 헤이헤이와 푸아가 서 있던 바위가 흔들리기 시작했다. 절벽에서 떨어질 것 같았다.

"잠시만! 으악! 안 돼, 안 돼!" 모아나는 비명을 지르며 푸아와 헤이헤이를 향해 달려갔다. 하지만 무슨 일이 일어나는지 깨닫기도 전에 모아나와 친구들은 절벽 아래로 굴러떨어져 정글 속으로 사

라졌다.

　이들은 큰 소리와 함께 흙바닥으로 떨어졌다. 모아나는 잠시 주위를 둘러보았다. 그녀의 따스한 갈색 눈이 커졌다. 우거진 덩굴 속, 무성한 잎의 그림자 속에 작은 제단이 숨겨져 있었다. *사람이 만든 제단이었다.*

　꼬꼬댁!

　헤이헤이의 머리가 제단 뒤에서 불쑥 튀어나왔다. 모아나는 깜짝 놀라 팔짝 뛰었다. 곧 우스꽝스러운 헤이헤이의 모습에 웃음이 터졌다. 그때 수탉의 머리 위에 무언가 붙어 있는 것을 발견했다. 눈을 가늘게 뜨고 살펴보았다. 그건 마치 작은 도자기 조각 같았다.

　좀 더 가까이 다가가 조심스럽게 헤이헤이에게서 조각을 떼어 내 손으로 들어 올렸다. 흥분으로 심장이 빠르게 쿵쾅댔다.

　도자기 조각 표면을 얇게 덮고 있는 흙을 털어 내자 손가락 아래 무언가가 느껴졌다. 그림이나 글자를 새겨 넣은 것 같았다. 모아나는 빛이 비치는 곳으로 가져가 더 자세히 살펴보았다. 도자기에는 섬이 새겨져 있었고, 섬 위쪽에는 별자리가, 땅에는 사람들의 모습이 새겨져 있었다.

　점점 두근거림이 차오른 모아나는 기쁨의 함성을 질렀다. 마침내 저 밖에 다른 사람들이 존재한다는 증거를 찾은 것이다!

　모아나는 이제 집으로 돌아가 마을 사람들에게 자신이 발견한 것을 보여 줘야 했다. 아빠라면 이 별자리가 무엇을 의미하는지 그리

고 도자기에 새겨진 섬이 어디에 있는지 알고 계실지도 모른다.

"헤이헤이! 멍청하고 사랑스러운 우리 닭!" 모아나는 환호성을 질렀다. 그러곤 환히 웃으며 돌아서선 해변을 향해 달렸다. 잠시 후 모아나는 멈춰 서서 푸아와 헤이헤이를 돌아보았다. 둘은 여전히 제단 옆에서 혼란스러운 표정으로 가만히 서 있었다. 아니, 정확히 말하자면 푸아만 어리둥절한 듯했고 헤이헤이는 평소와 같은 표정이었다.

"뭘 기다리는 거야?" 모아나는 둘에게 따라오라고 손짓했다.

"집에 가자!"

모아나는 숨을 깊이 들이마셨다. 마치 모투누이가 부드러운 손길로 자신을 집으로 이끄는 듯한 느낌이었다. 모아나는 새로운 발견이 약속된 지평선 너머를 탐험하는 것을 매우 사랑한다.

하지만 집으로 돌아오는 것도 정말 좋아한다.

모든 것은 항상 똑같은 것 같으면서도 사뭇 다르다. 아이들은 짚으로 엮은 스토리텔링 팔레의 지붕 아래 옹기종기 모여 마을의 역사가 모니의 말에 귀를 기울이고 있다. 모니는 최초의 항해자였던 조상님들의 이야기와 가장 최근에 있었던 바람과 바다의 반신 마우이와 모아나가 테 피티의 심장을 되찾기 위해 떠났던 모험 이야기를 들려준다. 농부들은 마을 사람들이 먹을 곡식을 수확하기 위해 밭에서 일하고 있다.

이제 언제든 바다를 바라보면 암초 너머 바다에서도 마을 사람들이 직접 만든 카누를 타고 파도를 가르는 모습이 보인다. 좀 더 위쪽을 바라보자 익숙한 암초가 나타나고 그 너머로 마을이 나타났다. 모아나는 카누를 타고 자신을 향해 다가오는 아빠 투이 족장을 보곤 미소를 지었다. 아빠는 한때 모아나가 암초 너머로 나가는 것을 금지했지만, 이제 아빠도 암초 너머 바다에서 꽤 많은 시간을 보낸다. 잠시 후 아빠의 카누가 파도 위로 올라갔다가 모아나의 카누 근처에 철썩 소리를 내며 떨어졌다.

"족장이랑 해변까지 경주할 사람?" 아빠가 미소 지으며 물었다.

"아, 아빠, 경주가 되겠어요?" 모아나가 장난스럽게 대답했다.

아빠가 채 대답하기도 전에 모아나는 먼저 카누를 타고 부서지는 파도를 넘실넘실 넘으며 집으로 향했다. 모아나 뒤로 아빠의 너털웃음이 들리고, 모아나의 굵은 갈색 머리카락이 바람에 얼굴 위로 휘날렸다.

잠시 뒤 모아나의 카누가 모래사장 위로 질주하듯 올라왔다. 모아나는 카누가 완전히 멈추기도 전에 풀쩍 뛰어내렸다. 마을 사람들이 자신을 맞이하러 내려오자 모아나는 카누에서 짐을 하나씩 내렸다. 이상한 모양의 과일이 담긴 바구니, 커다란 조개와 함께 이번 여행에서 수집한 보물이었다.

"비켜 주세요! 지나갈게요!" 모아나의 친구 로토가 도끼처럼 생긴 아드제를 손에 들고 달려왔다. 로토는 마을 사람들을 밀치고 급하게 달려오더니 갑자기 멈춰 섰다. 로토는 항상 움직이고, 늘 발명하고, 끊임없이 생각한다. 3년 전, 모아나가 마을에 돌아온 뒤로 모든 것이 변했다. 사람들은 배와 새로운 낚시 방법에 대해 알고 싶어 했다. 로토는 자신의 재능을 활용해 사람들을 도울 수 있어 기뻤다. 이제 소녀의 시선은 모아나와 카누 사이를 오갔다.

"새 카누, 어땠어?" 로토가 물었다. "솔직하게 말해 줘."

모아나는 머뭇거렸다. 자신이 무슨 말을 하던 로토가 마음에 새기고 고치려고 할 것을 알고 있기 때문이다. 그것도 즉시. 모아나는 아드제를 힐끗 보았다.

"음." 모아나가 입을 열었다. "돛을 돌릴 때 시간이 좀 걸리더라, 그런데…"

"알겠어!" 로토는 모아나가 말을 채 끝내기도 전에 카누에 올라타더니 말릴 틈도 없이 아드제로 돛대를 잘라 버렸다.

모아나는 겨우 웃음을 참았다. 적어도 로토가 더 멋진 것을 만들어 줄 걸 알았으니까. 갑자기 쓰러져 버린 돛대에 다친 사람은 없는지 주위를 둘러보다 아빠가 해변으로 카누를 끌어 올리고 있는 것을 보았다. 배에서 풀쩍 뛰어내린 아빠가 모아나에게 다가왔다.

"그래, 이번엔 어땠니?" 아빠가 물었다.

뿌듯함과 안도감 사이의 어떤 감정이 마음속에 가득 차올랐다. 정말 오랫동안 찾아 헤맸다. 그리고 이제 드디어…. 모아나는 도자기 조각을 꺼내 아버지에게 건넸다. 아버지가 조각을 살펴보는 동안 모아나는 무슨 일이 있었는지 설명했다. "돌무더기가 있었어요. 산 근처에요. 아니 제가 산에서 굴러떨어졌거든요. 그런데 그때…. 이건 우리 마을 게 아니에요. 뭘로 만들어졌는지도 모르겠어요. 하지만 이게 바로 증거예요." 모아나는 말을 멈추고 숨을 골랐다. 그러곤 도자기에 새겨진 무늬를 가리켰다. "아빠, 저 바깥에 다른 사람들이 있어요. 이제 우리는 어딘지 알아요. 그 섬은." 모아나는 도자기 조각에 그려진 섬을 가리켰다. "우리가 그들을 찾을 수 있는 곳이 바로 여기인 것 같아요. 저 별들을 찾아내는 방법만 알아내면 돼요."

투이 족장은 미소 지었다. 그는 모아나가 좀 쉬어야 한다고 생각하는 듯했다. 딸의 열정을 사랑하지만 지금은 너무 흥분한 것처럼 보였고, 모아나는 여전히 그의 작은 딸이기 때문이다. 그는 지금이 딸을 보듬어 주어야 할 때라고 생각했다. 하지만 그 말을 꺼내기도 전에 커다란 비명이 바람을 가르며 들렸다.

"모아나 언니!"

잠시 뒤, 어린 소녀 하나가 해변으로 달려오더니 모여 있는 마을 사람들을 불도저처럼 밀치고 나왔다.

모아나는 환하게 웃었다. "내 동생!" 모아나는 두 팔로 소녀를 들어 올리며 꼭 끌어안았다.

"언니!"

세 살배기 시메아가 대답했다. 시메아는 언니를 따라 웃었다. 그러더니 눈살을 찌푸리며 작은 입술을 삐죽대고는 언니의 얼굴을 꽉 잡고 뚫어지게 쳐다보았다.

"언니가 영원히 떠난 줄 알았어."

모아나는 웃음을 참았다. 시메아는 과장이 심했다. 집으로 돌아오는 것은 모아나가 좋아하는 것 중 하나다.

"사흘이었어. 하지만 항상 네가 보고 싶―."

시메아는 모아나의 말을 끊었다. "내 선물은 어디 있어?"

"어디 있어?" 모아나가 따라 했다.

"선물 가져다준다고 했잖아."

모아나는 마치 기억해 내려는 듯 시메아의 턱을 톡톡 두드렸다. "허… 글쎄… 어디 보자 ―." 그러다 승리의 미소를 지으며 자신이 발견한 도자기 조각을 동생에게 보여 주었다.

시메아는 전혀 감동하지 않았다. "이게 뭐야?" 시메아가 물었다.

모아나는 대답하지 않았다. 시메아에게 이 조각이 무엇을 의미하는지 설명하는 건 아무 의미가 없는 듯했다. 세 살밖에 되지 않은 동생이니까.

모아나는 시메아에게 보여 줘야만 했다.

✹ ✹ ✹

조상들의 동굴로 들어서자 모아나는 처음 조상들의 카누로 가득 찬 이 거대한 공간을 봤을 때 느꼈던 설렘을 다시금 느꼈다. 그때만 해도 모아나는 바다의 부름을 느꼈지만 응답하지 않았던 미숙한 길잡이였다. 지금은? 반신과 친구가 된 능숙한 항해자다. 그럼에도 이곳은 여전히 모아나를 벅차오르게 한다.

모아나 옆에 선 여동생 역시 몽글몽글 설레고 있는 것이 느껴졌다. 시메아는 발끝을 동동 굴렀다. 두 손으로 눈을 가리고 있었지만 더 이상 참을 수 없었다. 시메아는 손가락 틈 사이로 슬쩍 살펴보았다.

동굴을 처음 본 순간, 시메아의 입이 떡 벌어졌다. "우아." 시메아가 놀라워했다.

"여기는 조상님들의 장소야. 내가 우리 민족의 항해자라는 걸 알게 된 곳이지…." 모아나는 미소 지으며 모든 것을 흡수하고 있는 여동생을 바라보았다. 몇 년 전 모아나 역시 같은 표정을 하고 있었다. "여기가 바로 할머니께서 내게 우리가 누구인지 보여 주신 곳이야." 할머니 이야기를 하며 모아나의 목소리가 살짝 떨렸다. 여전히 할머니가 그리웠다.

시메아의 눈이 반짝였다. 그녀 역시 이 이야기를 알고 있다. "할머니가 그러셨어, 언니가 마우이의 귀를 잡고 '나는 모투누이의 모아나야. 너는 내 배를 타고 테 피티의 심장을 되돌려 놓으러 갈 거야'라고 말했다고."

시메아의 진지한 표정이 너무 사랑스러워 모아나는 겨우 웃음을

참았다. "꽤 잘 알고 있네." 모아나가 인정했다.

"맞아." 시메아는 의기양양하게 대답하곤 카누에 털썩 앉아 저 멀리 동굴 벽을 바라보았다. 그곳에는 테 피티의 그림이 돌에 새겨져 있었다. "얼마나 걸렸지?" 시메아가 물었다.

"몇 주 정도." 모아나는 동생 옆에 앉으며 대답했다.

"몇 주?" 시메아가 과장된 억양으로 따라 말했다. "그건 영원보다 더 길어!"

모아나는 웃음을 터트렸다. "나도 알아. 근데 중요한 일이었어. 만약 내가 가지 않았다면, 나는 절대 길잡이가 되지 못했을 거야. 고대 족장님들처럼 말이야." 모아나는 벽에 새겨진 그림들을 가리켰다. 여기에는 모투누이의 역사가 좀 더 표현되어 있었다.

모아나는 아쉬운 듯 새겨진 그림을 찬찬히 살펴보았다. 그리고 최후의 위대한 항해자, 타우타이 바사의 벽화에서 멈췄다. 세월이 흘렀음에도 불구하고, 새겨진 그림은 여전히 숙련된 항해자의 에너지가 안에서부터 빛나는 것처럼 반짝이는 듯했다. 시메아의 손을 잡고 천천히 걸으며 모아나는 다른 벽화들도 살펴보았다. 각각의 그림은 다른 이야기를 전했다. 여기에는 테 카와 테 피티도 있고, 바다를 떠도는 무시무시한 거대 괴물도 있다. 마치 모니의 스토리텔링 팔레에 걸린 시아포 같았다.

이 벽화 그림과 이야기는 모아나의 할머니가 모아나가 첫 여정을 떠날 수 있도록 영감을 불어넣기 위해 해 주었던 이야기였다.

그리고 모아나는 이 이야기들이 지금부터 새 여정을 떠나라고 자신을 이끈다는 것을 온몸으로 느끼고 있다. 모아나 옆에서는 시메아가 잔뜩 감동한 얼굴로 벽화를 올려보고 있다.

"마우이가 테 피티의 심장을 훔치기 전에… 그리고 어둠이 퍼지고." 모아나가 조상님 이야기를 들려주던 할머니의 어조를 따라 하자 목소리가 저절로 낮아졌다. "타우타이 바사는 모든 바다에 살고 있는 사람들과 우리 섬을 연결하고 싶어 했단다."

시메아의 눈이 커다랗게 떠졌다.

"길잡이로서, 그가 시작한 것을 마무리하는 것이 내 임무야." 모아나는 지난 여정에서 가지고 돌아온 도자기 조각을 들어 올렸다. "그리고 이게 그 방법을 알려 주는 첫 번째 단서야." 모아나의 목소리가 서서히 잦아들었다. 자신이 말한 것의 막중한 무게가 어깨를 짓눌렀다. 이는 타우타이 바사처럼 항해자가 되는 것이 모아나에게 가장 중요해졌다는 뜻이었다.

시메아는 잠시 가만히 있더니 곧 코를 찡그리며 진지한 적막을 깼다. "그럼 마우이한테 하라고 하자. 그럼 언니는 나랑 있을 수 있잖아!"

"글쎄, 혹시라도 마우이를 만나게 되면 귀를 잡고 꼭 그렇게 말하렴."

모아나는 벽에 새겨진 마우이의 벽화를 바라보았다. 모투누이로 돌아온 이후로 마우이를 보지 못했다.

　게다가 그는 반신으로서의 중요한 임무를 수행하느라 눈코 뜰 새 없이 바쁠지도 모른다.

　그가 어디에 있든.

모투누이에서 멀리 떨어진 깊은 바닷속, 모든 것이 잠잠하다. 물속을 투과한 희미한 햇빛이 모래와 바위로 이루어진 모래톱 위에 그림자를 드리운다. 빙어 무리가 물속을 일사불란하게 헤엄치며 무늬를 만들어 낸다. 빙어들이 한 줄기 빛을 통과할 때마다 은빛 비늘이 순간 반짝인다. 파도 아래는 평화로웠다. 저 멀리 해안가에서 들리는 소음은 짠 바닷물을 뚫지 못했고 물속은 고요하기만 했다.

갑자기 예상치 못한 움직임에 빙어 무리가 깜짝 놀라 흐트러지면서 질서정연했던 대형이 흐트러져 버렸다. 잠시 후, 거대한 흰긴수염고래가 커다란 몸을 우아하게 움직이며 물속을 유영해 지나갔다. 물고기들이 이 거대한 생명체를 자세히 관찰할 수 있었다면 평범한 고

래가 아님을 알아챘을 것이다. 고래의 옆구리에는 소용돌이치며 퍼져 나가는 문신이 여럿 새겨져 있었다.

고래는 울퉁불퉁한 산호초로 직진하며 속도를 높였다. 거친 산호초 벽에 부딪히기 직전 고래는 위로 솟구쳐 오르며 수면을 향해 질주했다. 잠시 후, 고래는 공중으로 튀어 올랐다. 위로, 위로, 더 위로. 거대한 생명체가 솟아올랐다. 고래가 다시 바다로 떨어지기 전 공중에 머무는 동안 고래에게서 떨어지는 물방울이 햇빛에 반짝였다. 하지만 고래는 수면 위로 떨어지지 않았다. 대신 거대한 매로 변신했다.

바로 마우이였다!

모습을 자유자재로 바꾸는 반신 마우이는 해수면 바로 위를 로켓처럼 날아가며 까악 까악 큰 소리를 냈다. 그가 지나가는 길 뒤로는 하얀 물줄기만 남았다. 반신은 아래에서 쏟아지듯 퍼지는 물보라도, 머리 위를 뒤덮은 구름도 알아차리지 못했다. 매처럼 매서운 그의 시선은 바로 눈앞에 있는 두꺼운 안개 둑에 고정되어 있었다. 믿을 수 없을 정도로 두껍고 짙은 안개는 시간이 갈수록 점점 더 짙어지는 듯했다. 하지만 마우이는 속도를 늦추지 않았다. 대신 거대한 날개를 한 번 펄럭이더니 안개 속으로 날아올라 순식간에 그 속으로 사라져 버렸다.

"치 후!" 마우이가 외쳤다.

잠시 정적이 흐른 뒤, 쾅 하는 소리가 파도 위로 울려 퍼졌다. 마치 거대한 문이 쾅 하고 닫힌 것 같았다. 안개 속에서 충격파가 퍼져 나갔다.

그다음 바다가 고요해졌다. 안개가 걷히고 나니 눈에 보이는 모든 곳이 바다였다.

✷ ✷ ✷

마우이는 갈고리를 손에 든 채 안개 속에 서서 보이지 않는 손이 조종하는 듯 부자연스럽게 소용돌이치며 주위를 맴도는 안개를 지켜보았다. 있을 수 없는 일이지만, 마우이는 인간의 영역을 훨씬 넘어선 존재이므로 이해할 수 있었다. 마우이는 등불처럼 빛나는 갈고리를 손에 들고 앞으로 나아갔다. 눈앞에서 거대한 진주같이 보이는 구체 주위로 안개가 자리 잡기 시작했다.

진주에서 뿜어져 나오는 빛이 그의 몸을 뒤덮은 문신을 비추자 마우이는 눈을 가늘게 떴다. 문신 하나하나는 마우이의 과거 이야기를 담고 있다. 마우이를 만나는 모든 이들에게 그가 누구인지, 인간을 위해 얼마나 많은 일을 했는지 알려 주기 위해 그의 피부에 영구적으로 새겨진 영웅적 순간이었다. 사실 그가 지금 이곳, 신의 미지의 영역에서 분홍빛이 도는 하얀 구체를 마주하고 서 있는 이유도 바로 인간을 위해서다. 아니 적어도 그는 자신이 이곳에 와 있는 이유가 인간때문이라고 생각했다. 그러나 인간을 돕기 위한 이런 임무는 늘 명확하게 설명할 수 있는 게 아니다.

마우이는 자신과 모아나가 함께 헤쳐 나갔던 일들을 떠올렸다. 파도와 싸우고, 테 피티의 심장을 되찾고, 테 카와 맞선 순간들. 마우이는 이런 일이 닥칠 거라곤 전혀 예상하지 못했었다. 하지만 그만한 가치가 있었는가? 물론이다. 게다가 결국 마지막엔 갈고리도 되찾았으니 손해 볼 것도 없었다.

갑자기 마우이 뒤편 어딘가에서 날개를 퍼덕이는 소리가 들렸다. 소리는 안개 속에서 울렸다. 마우이는 오싹해졌다. 소리가 점점 커졌다. 사방에서 동시에 소리가 들려왔다.

박쥐 한 마리가 마우이를 스쳐 날아가며 그에게 보이지 않는 곳에 숨어 있을지 모를 위험이 있다는 것을 상기시켰다. 그는 진주에서 눈을 돌려 원형으로 천천히 돌면서 안개 속에 위협의 징후가 있는지 살폈다.

마우이는 어깨를 쫙 펴고 숨을 깊이 들이쉬고는 외쳤다. "유—후?" 자신이 의도했던 것보다 조금 높은 음의 인사말이 나와 버렸다.

그의 가슴에서는 마우이의 작은 이미지로 된 타투인 미니 마우이가 갑자기 움직이기 시작했다. 미니 마우이는 '그게 네가 할 수 있는 최선의 인사야?'라고 하는 듯 이마를 턱 하고 쳤다.

목을 좀 가다듬은 다음, 마우이는 계속해서 안개 속에 숨은 존재에게 말을 걸었다. "문제를 일으키려고 온 건 아니야." 마우이는 좀 더 낮은 목소리로 말했다. 그는 고개를 끄덕였다. 이번엔 좀 나았다.

"그냥 지나가는 완벽한 반신일 뿐이야. 내가 떠나고 나서 나를 포함해 많은 것이 변했군." 이는 그나마 절제해서 말한 것이다. 마우이는 변했다. 문자 그대로의 의미는 아니다. 마우이는 늘 모습을 바꿀 수 있으니까. 하지만 모아나를 만나고 나서 마우이는 좀 더 나은 사람, 아니 반신이 되었다. 그래서 지금 마우이가 다시는 돌아오지 않겠다고 맹세했던 신의 영역에 들어와 다시는 마주하고 싶지 않았던 반신이자 여신의 주의를 끌려는 것이다.

안개 속 어디선가 여자의 웃음소리가 들렸다. 그 소리는 마치 사방에서 들려오는 것처럼 섬뜩하게 공간 전체에 울려 퍼졌다. 마우이는 소리가 어디에서 나는지 찾으려 고개를 이리저리 돌려 보았지만, 눈에 보이는 것은 여기저기서 순간적으로 번쩍이는 실루엣뿐이었다.

"*변화했다, 우리가?*" 여자의 목소리가 말했다. "그렇게 쉽게?"

마우이는 눈살을 찌푸렸다. 그 목소리의 주인공이 누군지 알아챘기 때문이다. 바로 마탕이였다. 그가 맞서야만 하는 보라색 눈의 강력한 반신.

"글쎄, 생선 비린내 고약한 섬에서 천 년을 보내면 누구나 자신의 선택에 의문을 품게 될 거야." 마우이는 이렇게 무마하며 번쩍이는 갈고리를 휘둘러 목소리 속에 숨은 반신이 모습을 드러내게 하려 했다. "이제 나는 옳은 일만 할 거야. 하!" 뭔가 움직이는 것을 포착한 마우이는 갈고리를 휘두르며 앞으로 돌진했다. 하지만 그곳엔 박쥐뿐이었다. 박쥐들은 마우이 주위를 소용돌이치며 날아올라 토네이도처럼 그를 둘러쌌다. 화가 치밀어 올랐다. 마탕이의 속임수에 점점 지쳐 가고 있었다. 마우이는 갈고리를 더 빠르고 더 강하게 휘둘렀다. 박쥐들은 재빨리 흩어졌지만, 운 나쁘게도 한 마리가 갈고리에 맞고 말았다. 박쥐는 어둠 속에 버려졌고, 시야에서 사라지면서 점점 찍찍거리는 소리도 희미해져 갔다.

"장난은 이제 충분해. 내가 불만이 있는 건 너의 보스지 그의… 이상한 문지기가 아니야. 아니 명확히 말하자면 너지. 길만 열어 줘. 그럼 내 갈 길 갈 테니." 마우이가 말했다.

안개 속에서 마탕이는 긴 한숨을 내뱉었다. "반신들이란." 마탕이는 말끝을 길게 늘이며 말했다. 그녀의 어조에서 마음에 들지 않는다는 느낌이 분명히 묻어났다. "마침내 자유를 얻어 놓고선 또 다른 싸움을 선택하려 하는군."

마우이는 두터운 눈썹을 가운데로 모으며 이마를 찌푸렸다. "날로가 시작한 거야."

"그리고 네가 끝내겠다고?" 마탕이가 비웃었다. "그 작고 소중한 인간과 다시 한 팀이 된 건가?"

마우이는 무심한 듯한 표정을 한 채 주먹을 꽉 쥐었다. 그가 모아나를 친구로 생각한다는 걸 숨기고 싶었다. 마탕이라는 위험으로부터 모아나를 보호해야 했다. "팀이라고?" 그는 크게 웃으며 따라 말했다. "카누를 탄 여자애와 명청한 닭이랑? 우리는 한 팀이 아니야.

그냥 내 갈고리를 되찾기 위해 그 애를 이용한 것뿐이지."

마우이의 가슴팍에서는 미니 마우이가 그를 손가락으로 톡톡 치며 *그건 전혀 사실이 아니라는* 신호를 보냈다. 하지만 마우이는 살짝 고개를 저어 자신의 메시지를 조용히 전했다. *걱정하지 마, 내가 알아서 할게.* 미니 마우이는 확신할 수가 없었다.

마탕이도 마찬가지였다. 그녀는 코웃음을 쳤다. 안개가 움직이며 소용돌이치자 마우이가 서 있던 바닥이 모습을 드러냈다. 그곳에는 모투페투 섬 위에 어둡게 드리워진 신의 모습을 보여 주는 거대한 암각화가 새겨져 있었다. "날로는 *신이야,* 마우이. 이 길을 따라가면 그가 널 파괴할 거야. 그리고 모아나도 파괴해 버릴 거야."

마우이의 표정이 어두워졌다. "이건 날로와 나 사이의 일이야." 마우이는 크게 쉭쉭댔다. "모아나는 아무 상관없어."

그건 사실이었다. 테 피티의 심장을 되찾은 이후로 모아나를 보지 못했다. 물론 모아나를 놀라게 해 주고 싶긴 했다. 하지만 상황이 마우이가 원하는 대로 흘러가지 않았다.

마우이의 목소리가 방 안에 퍼지며 울림을 만들었다. 그러자 그때… 혼돈이 일어났다!

수백 마리의 박쥐 날개가 공중에서 펄럭대 귀가 먹먹해졌다. 안개 사이로는 형형한 보라색 눈동자가 보였다. 그리고 잠시 뒤 마탕이가 모습을 드러냈다. 마탕이는 마우이를 향해 다가왔다. 그녀의 보라색 눈이 그를 꿰뚫어 보는 듯했다. 마탕이가 가까이 다가오자 마우이

는 침을 꿀꺽 삼켰다. 그녀는 항상 뭐랄까… 조금 으스스했다. 그리고 시간이 흐르며 더 오싹해졌다.

마탕이는 손을 뻗어 긴 손으로 마우이의 가슴을 훑어 내렸다. 그러면서 입술 한쪽을 잔인하게 올리며 쓴웃음을 지었다. 그녀의 날카로운 손톱이 마우이의 가장 최근 문신인 모아나 위에서 맴돌았다. 검은 선을 바라보며 마탕이는 고개를 저었다. "모아나를 길잡이로 만든 건 너야. 이제 모아나는 이 모든 것과 관련 있게 된 거야."

마우이는 온몸에 분노가 치밀어 오르는 것을 느꼈다. 그는 다시 빛나기 시작한 갈고리를 더 단단히 움켜쥐었다. 그의 콧구멍이 커졌다 작아지길 반복했다. 모아나가 다치거나 위협받는 상황은 용납할 수 없다. 그리고 마탕이와 그녀가 보호하는 신은 마우이가 평화롭게 일을 해결하도록 놔두지 않을 게 분명했다.

좋아, 그렇다면. 싸워야지. 마우이는 허공으로 몸을 날리며 갈고리를 뒤로 젖혔다. 동시에 마탕이는 박쥐 수백 마리로 변해 폭발하듯 흩어졌다.

전투가 시작되었다.

하늘에 별이 반짝이기 시작하자 모투누이 마을에도 활기가
돌았다. 불꽃이 타오르며 붉은 주황색 불꽃이 그곳에 모
인 사람들에게 따스한 빛을 드리웠다. 한 무리의 무용수들이 북소
리에 맞춰 치마를 흔들었고, 아이들은 팔레 사이를 뛰어다니며 서
로를 쫓으며 놀았다.

마을을 지나자 모아나의 마음이 조급해졌다. 마우이와 타우타이
바사, 바다, 여동생과 도자기 유물 생각으로 머릿속이 복잡했다.

모아나의 어머니 시나는 모아나 옆에서 함께 걸으며 손에 들고 있
는 도자기 유물을 바라보았다. 어머니는 자랑스러워하며 딸을 꼭 안
았다.

시나가 둘째 딸에게 다가가자 마을 주민 중 한 명이 하쿠 레이(머

리에 쓰는 화관―역자 주)를 손에 들고 모아나에게 다가왔다. 시나는 모아나에게 몸을 앞으로 숙이라고 손짓한 다음 화관을 모아나의 머리 위에 올려 주었다. 그 마을 주민은 뒤돌아 모아나 주위로 빠르게 늘어나고 있는 인파 속으로 사라졌다.

로토가 항상 함께하는 아드제를 손에 들고 나타나 모아나를 깜짝 놀라게 했다. "그것 좀 살펴봐도 될까." 로토가 도자기 유물 쪽으로 가까이 다가오며 말했다.

모아나는 장난처럼 유물을 더 꼭 안았다. 물론 로토를 사랑하지만 로토의 아드제가 유물 근처에 오는 것은 용납할 수 없었다. 적어도 자신의 질문에 대한 답을 찾을 때까진 수집해 온 이 유물을 온전히 보관하고 싶었다.

세상의 모든 것을 속속들이 다 알고 있다고 자부하는 모니조차도 모아나의 옆에서 도자기 조각을 바라보며 당황한 듯 보였다. 모니는 눈을 찌푸렸고, 모아나는 그의 머릿속에서 바퀴가 정신없이 돌아가고 있다는 걸 알아챘다.

모아나는 마을 중앙을 향해 계속 걸었다. 모든 게 축제 분위기였다. 하지만 잘 차려진 잔치 음식에는 아무도 손대지 않고 있었다. 왜 아무도 먹지 않지?

모아나는 목을 가다듬고는 큰 소리로 외쳤다. "자, 다들 먹자고요! 돼지고기가 다 식어 버리겠어요!" 발치 쪽에서 뭔가 끙끙대는 소리가 들려 아래를 내려다보았다. 오, 이런. 푸아가 거기 있었다. *그런*

말을 하지 말았어야 했는데.

바로 그때, 음악 소리가 고요해졌다. 투이 족장이 다가오자 마을 전체가 숨을 멈춘 것 같았다. 그리고 하나둘 횃불을 켰다.

"모아나, 내 사랑하는 딸아. 오늘 밤은 단순한 잔치가 아니란다." 시나와 시메아가 옆으로 다가오자 투이 족장이 말했다.

투이 족장은 한 걸음 앞으로 나서며 단단한 팔로 모아나의 어깨를 감싸안았다. 모아나의 심장이 두근거리기 시작했다.

족장은 딸을 앞으로 데리고 나가 마을 사람들이 그들 주위로 원을 만들 수 있도록 했다. "오래전, 너만큼 큰 꿈을 가졌던 최후의 위대한 길잡이에게 주어진 칭호가 있었단다. 족장 이상의 존재, 바로 타우타이다. 땅과 바다의 지도자지." 투이 족장은 잠시 멈춰 이 순간의 중대함을 되새겼다. "사랑하는 내 딸아, 오늘 밤 천 년 만에 처음으로 우리 민족의 타우타이라는 이 칭호를 받아들여 우리를 영광스럽게 해 주겠니?"

모아나는 숨이 멎는 듯했다. 이게 실제로 일어나고 있는 일인가?

"그리고 우리 모두에게, 우리가 얼마나 멀리 갈 수 있을지 보여다오." 투이 족장은 딸이 자랑스러워 눈물을 흘리며 말을 마쳤다.

아버지의 말이 모아나 안으로 가득 밀려왔다. 이번 임무의 중대함이 모아나에게 크게 다가왔다. 타우타이라고? 타우타이 바사처럼? 정말 이런 칭호를 받을 자격이 있는 걸까? 모아나의 시선이 아버지와 어머니 그리고 존경심에 가득 차 자신을 우러러보고 있는

여동생에게로 향했다. 그리고 바로 그 순간, 모아나는 답을 몸소 깨달았다.

모아나는 미소를 지으며 고개를 끄덕였다. "네." 이것은 확실한 승낙이었다.

✦ ✦ ✦

잠시 후 모아나는 바다에서 가장 가까운 팔레에서 아버지와 마주 앉았다. 자신의 일부와도 같은 바다 근처에서 타우타이의 이름을 짓는 공식 의식이 열리다니 이보다 더 좋을 수 없었다. 모아나는 행복하게 사람들을 바라보았다. 그들의 깊은 사랑과 동시에 그들이 자신에게 부여한 책임감이 느껴졌다.

밖에는 파도가 잔잔한 리듬으로 해변에 부드럽게 다가와 부서졌다. 바람이 일어 사람들 위로 퍼져 나가며 날씨가 변하고 있다는 걸 알렸지만 시나를 제외하고는 아무도 눈치채지 못했다. 다들 모아나와 투이 족장에게 집중하고 있었기 때문이다.

투이 족장이 말을 시작했다. "오늘 밤, 우리는 타우타이 바사가 했던 것처럼 조상님의 그릇으로 이를 마시며 너에게 이 칭호를 수여하노라. 우리의 과거, 현재 그리고 그 너머에 있는 미래를 연결하기 위함이니라." 투이 족장은 손에 든 작은 그릇을 들어 올린 다음, 이를 기울여 그 안에 담긴 액체를 흙바닥에 조금 흘려보내 조상님께

바쳤다. 그러고는 남은 것을 마셨다. "조상님께서 계속해서 우리를 인도하시기를."

투이 족장이 모아나를 바라보았다. 이제 그녀의 차례였다. 모니가 한 발 앞으로 나와 모아나에게 잔을 건넸다. 모아나는 이를 꼭 잡고 사랑하는 사람들을 둘러본 다음 잔을 들어 올리고 아버지의 말을 되풀이했다. "조상님께서 계속해서 우리를 인도하시기를."

하지만 잔을 입술로 가져가려는 순간, 모아나는 액체에 비친 자신의 모습을 보고 멈칫했다. 무언가 수면 위에 물결을 일으키고 있었다. 전율이 온몸을 감쌌다. 뭔가 이상한 일이 벌어지고 있다. 팔레 밖에서는 바람이 점점 더 거세지면서 나뭇잎들이 이리저리 휘날렸다. 날카롭게 탁탁거리는 소리가 팔레 사방에서 들리는 듯했다. 섬뜩한 빛이 주위를 감싸더니 갑자기 이 공간이 점점 더 밝게 빛나다가….

쾅!

하늘에서 번개가 번쩍였다.

그리고 모든 것이 어두워졌다.

★★★

모아나는 눈을 번쩍 떴다. 머리 위에는 맑고 별이 가득한 하늘 주위로 구름 고리가 후광을 만들어 내고 있었다. 중앙에는 다른 별보

다 유난히 더 밝은 별자리 하나가 반짝반짝 빛나고 있었다.

갑자기 모아나의 발아래 땅이 흔들렸다. 모아나는 비틀대며 균형을 잡으려 애쓰다가 아래를 내려다보고는 이곳이 팔레 안이 아니라는 걸 깨달았다. 대신 거대한 고대 카누의 갑판 위에 서 있었다. 모아나는 위를 올려다보고 숨을 헉 들이쉬었다. 자신이 발견한 유물에 새겨진 것과 똑같은 그림, 똑같은 섬, 똑같은 별자리가 돛에 수놓아져 있었다.

모아나는 카누를 따라 시선을 더 먼 곳으로 옮겼다. 그리고 뱃머리에 홀로 서 있는 한 남자를 발견했다. 그 길잡이는 바다 너머를 바라보며 위엄 있는 모습으로 서 있었다.

모아나는 그가 누구인지 정확하게 알 수 있었다. "타우타이 바사." 모아나는 경외심에 차 나지막이 되뇌었다.

무엇 때문인지 모르겠지만 모아나는 그를 볼 수 있는데 전설적인 길잡이와 거대한 카누를 조종하고 있는 다른 선원들은 자신의 존재를 알지 못한다는 걸 알아챘다. 모아나는 지금 과거의 한순간을 목격하는 것이다. 하지만 어떻게? 왜?

모아나는 타우타이 바사의 시선을 따라갔다. 모아나의 눈이 점점 더 커졌다. 그는 밝은 별자리를 올려다보고 있었다. 유물에 새겨진 것과 정확하게 일치하는 것이었다.

"모투페투." 길잡이는 걱정스러운 표정으로 혼잣말을 했다. "저 별 아래 있어야 하는데…"

모아나는 그의 시선이 별에서 주변 바다로 옮겨지는 것을 보며, 왜 타우타이 바사가 그렇게 걱정스러워 보이는지 알 수 있었다. 거대한 폭풍이 그들을 에워싸고 있었다.

바다에는 짙은 어둠이 내려앉아 푸른 바다를 검게 물들였다. 바람이 점점 더 거세지며 돛을 찢어 버렸다. 세상이 칠흑 같은 혼돈 속으로 잠식되고 있었다.

"돛을 묶어라! 노를 들어올려!" 타우타이 바사가 선원들에게 소리쳤다.

"바사? 우리는 길을 잃었어요!" 한 선원이 소리쳤다.

타우타이 바사는 공포가 역력한 얼굴로 가만히 서서 고개를 저었다. 다음에 무엇을 해야 할지 전혀 몰랐다. 예측할 수 없는 위험천만한 폭풍은 점점 더 거세졌다. 그 순간 모아나는 타우타이 바사가 느끼는 모든 감정을 직접 경험한 것처럼 강렬한 감정에 휩싸였다. 모아나도 강한 바람 속에서 똑바로 서 있으려 애썼다.

갑자기 배가 휘청이더니 타우타이 바사의 선원들이 카누 밖으로 튕겨 나갔다. 바사는 그들을 구하려 달려갔지만 이미 늦었다. 타우타이 바사는 갑판 위에 쿵 하고 떨어졌다. 그는 몸을 돌려 하늘을 바라보았다. 머리 위 무언가가 그를 겁에 질리게 했다.

그 순간 거대한 검은 파도가 카누를 휩쓸었다. 모아나는 뒤로 튕겨 나가 바다에 빠졌다.

모아나가 수면 아래로 가라앉자 시끄러운 폭풍 소리가 일순간에 잠잠해졌다. 하지만 계속해서 물에 빠지지는 않았다. 지금까지 모아나가 겪었던 바다와는 전혀 달랐다. 마치 걸쭉한 물질 속에 떠 있는 듯했다. 모아나는 거대한 고래상어가 천천히 헤엄쳐 지나가는 것을 보았다. 고래상어의 옆구리에는 빛나는 문신이 가득했다.

고래상어의 장엄한 아름다움에 감탄한 모아나는 물속에서 손을 뻗었다….

…그리고 갑자기 모투누이 해변으로 돌아온 자신을 발견했다.

해변은 텅 비어 있었고 섬은 황량해 보였다. 모아나는 혼란스럽게 주위를 둘러보았다. 대체 무슨 일이 일어난 걸까?

"우리 마을 사람들은 어디 있지?" 모아나는 나지막이 혼잣말로 속삭였다.

"타우타이 모아나."

자신의 이름을 부르는 소리에 고개를 돌리자, 눈앞에 타우타이 바사가 다시 나타났다. 하지만 이번에는 그 역시 모아나의 존재를 알아차렸다. 그의 몸은 어둠 속에서 반짝이며 빛났다. 모아나는 그가 괴로워하고 있음을 느낄 수 있었다.

"너는 아주 멀리까지 왔지만, 더 먼 곳으로 나아가야만 한다. 우리 사람들을 네가 다시 연결해야 한다. 그렇게 하지 않으면 우리의 이야기는 여기서 끝나고 말 것이다." 그는 신비롭게 말했다. "고립 속에는 미래가 없다. 모투페투 섬을 찾아라. 사람들을 다시 연결하고, 끝없는 고리를 복원하라…."

그의 목소리가 점차 희미해졌다. 공포가 모아나를 덮쳤다. 그가 아직 가서는 안 된다. 모아나는 그의 말이 무슨 뜻인지 이해할 수 없었다.

"어디로요? 그곳은 제가 한 번도 본 적 없는 별 아래에 있어요." 모아나가 말했다.

"하늘의 불이 너를 인도할 것이다." 타우타이 바사가 설명했다.

"기다려요. 전 그곳이 얼마나 멀리 있는지도 몰라요." 모아나가 확신 없는 작은 목소리로 말했다.

"내가 갈 수 있었던 곳보다 더 멀다." 그는 암시하듯 말을 이었다. "모투페투를 찾아라. 우리를 다시 연결해 다오."

그리고 그는 사라져 버렸다. 물속에서 그는 다시 고래상어의 모습으로 변했다. 그가 헤엄치는 길마다 혜성이 지나간 것처럼 흔적이 남았다. 그리고 이는 모투누이에서 가까이 있는 바다 위 떠 있는 듯 보이는 섬으로 곧장 이어졌다.

고래상어가 섬에 다다르자, 빛나는 수로가 섬을 에워싸며 바다와 모투누이를 환히 밝혔다. 모아나가 지켜보는 동안, 섬과 바다는 점점 더 밝게 빛나기 시작했다.

여기가 모투페투일까?

모아나는 그렇다는 확신이 들었다.

모아나는 화들짝 깨어났다. 해변은 사라지고 없었다. 타우 타이 바사도, 빛나는 섬도, 혜성의 꼬리 같은 흔적도 모두 다 사라져 버렸다. 모아나는 다시 팔레로 돌아와 있었다. 곁에는 엄마가 근심 어린 얼굴로 앉아 있었다.

"쉬… 괜찮아." 엄마는 부드러운 목소리로 모아나에게 말했다.

"무슨… 대체 무슨 일이 있었던 거예요? 모아나는 정신을 차리려 애쓰며 물었다. 온몸 구석구석이 아팠다. 마치 산호초 위를 끌려다니다 온 것 같은 기분이었다.

"음, 너는 벼락에 맞았었단다." 엄마가 대답했다.

모아나를 강타한 번개처럼 갑자기 기억이 순식간에 돌아왔다. 의식. 모두 모여 있던 마을. 이상한 폭풍. 모아나는 도자기 유물을 집어 들었다.

시나는 놀라고 걱정스러운 눈빛을 하고 있었다.

"엄마, 저 이 섬을 봤어요." 모아나는 유물을 들고 부드러운 목소리로 말했다. "모니를 찾아봐야겠어요." 수수께끼 섬에 관해 더 상세히 알아낼 수 있도록 도와줄 사람은 오직 모니뿐이다.

✹ ✹ ✹

모아나와 시나가 스토리텔링 팔레로 들어갔을 때 모니와 투이 족장은 모니가 가지고 있던 아주 오래된 시아포를 함께 살펴보고 있었다. 천에 그려진 그림은 세월의 흔적에 닳아서 알아보기 힘들었다. 모아나와 시나가 들어오자 모니의 눈이 모아나와 시나, 시아포 사이를 급하게 오갔다. 시아포를 너무 오래 쳐다본 탓인지 그는 약간 광기 어린 표정을 짓고 있었다.

"내가 찾은 거야. 아주 오래전 이야기지." 모니는 평소처럼 역사를 설명할 생각에 신이 났다.

모아나는 시아포를 좀 더 자세히 살펴보고는 눈이 휘둥그레졌다. 환상 속에 나왔던 섬, 모투페투였다.

모아나는 하나도 놓치지 않으려 주의 깊게 이야기를 들었다. 모니는 탈라 할머니처럼 이야기를 생동감 넘치게 들려줬다.

모니는 계속 이야기를 이어갔다. "모투페투, 바다의 수로가 한데 모이고 바다 사람들을 연결하는 곳이지. 사라지기 전까지는 말이야."

"사라져?" 모아나가 물었다.

모아나는 다른 시아포를 들었다. 여기는 그림이 좀 더 뚜렷하게 보였다. 분노한 신이 위로 솟아올라 섬을 저주하고 있다.

"끔찍한 폭풍에 숨겨져 있어. 질투 많은 신이 인간을 갈라놓으려고 건 저주야. 우리를 약하게 만들려고." 모니는 모투페투를 저주하는 신의 그림을 가리켰다.

모아나는 타우타이 바사의 말을 떠올리며 되뇌었다. "고립되면, 우리의 이야기는 끝난다."

"누군가 모투페투를 찾아 그 땅을 다시 밟지 않는 한." 모니는 모아나에게 설명했다.

"그게 저주를 푸는 방법이야?" 모아나가 물었다.

"맞아." 모니가 대답했다. 이야기를 마친 뒤 모니는 조용해졌다. 팔레에 있던 다른 사람들도 마찬가지였다. 이곳에 모인 모든 사람이 모니가 한 말의 무게를 정확히 알고 있었다. 숨겨진 섬을 찾아야 한다고? 끔찍한 폭풍을 헤치고 해안에 발을 들여놓아야 한다고? 이 탐험이 가져올 위험과 책임감은 이해하기 힘들 정도로 어마어마했다.

시나는 천천히 고개를 돌려 모아나를 바라보았다. 그녀의 눈에는 두려움이 가득 차 있었다. "그리고 조상님께서 그 일을 하라고 너를 부르신 거구나." 시나는 부드럽게 말했다.

모니의 눈빛에서 그가 모아나에게 막 주어진 엄청난 짐의 무게를 잘 이해한다는 것을 알 수 있었다.

모아나는 침을 꿀꺽 삼켰다. 결국 모아나가 타우타이다. 하지만 이 저주받은 섬을 어디에서 찾아야 할지 정확히 알지 못한다. 모아나가 아는 것이라곤 타우타이 바사가 남긴 암호 같은 메시지와 모니의 이야기, 모아나가 찾아낸 도자기 유물뿐이다. 하지만 시도해야 했다.

이때 누군가의 울음소리에 생각이 멈췄다. 모아나는 고개를 그쪽으로 휙 돌렸다. 시메아가 팔레 기둥 뒤에서 엿보고 있었다. 두 뺨에는 눈물이 가득했다. 전부 다 들은 것이다.

"언니가 타우타이가 되는 거 싫어." 시메아가 훌쩍이며 말했다. "아무 데도 안 가면 좋겠어."

모아나는 뭔가 말하려 입술을 달싹이다 다시 닫았다. 달리 동생에게 무슨 말을 해야 좋을지 몰랐다. 당연히 모아나도 가족을 떠나고 싶지 않았다. "시메아, 언니는—."

갑자기 밖에서 찬란한 빛이 비치기 시작하더니 팔레 안을 환하게 밝히는 통에 모아나는 대답해야 하는 상황을 모면할 수 있었다.

"족장님!" 마을 사람들이 외쳤다.

이제는 또 무슨 일이 일어나려는 건지 모아나는 궁금했다.

✦✦✦

모아나는 팔레 밖으로 뛰어나가 다른 사람들을 바짝 뒤쫓았다. 밤이 낮으로 바뀐 것처럼 보였다. 마을 전체가 붉은 주황빛으로 빛나고 있었다. 이미 밖으로 나와 있던 마을 사람들의 시선을 따라가다 모아나는 숨을 헉 하고 들이켰다.

머리 위 하늘에 거대한 혜성이 있었다. 모아나가 보았던 타우타이 바사의 흔적과 같았다. 그의 말이 다시 머릿속에 떠올랐다. *하늘의 불이 너를 인도할 것이다.* 그가 말하던 것이 바로 이 혜성인 게 분명했다.

"하늘의 불." 모아나는 조용히 말했다. "타우타이 바사는 내가 저걸 따라가길 원해."

모아나를 내려다보는 투이 족장의 얼굴에 걱정이 스쳐 갔다. 모아나가 한 말의 의미가 강렬하게 다가왔다. "우리는 그 섬이 어디 있는지도 모른다. 이건 영원… 아니 평생이 걸릴 수도 있어." 투이 족장은 감정에 북받쳐 무거운 목소리로 말했다.

모아나는 숨을 삼켰다. 타우타이 바사는 결국 돌아오지 못했다.

"부족 회의를 해야 해." 투이 족장이 말했다. "이건 너무 큰―."

이때 모니가 끼어들었다. "족장님, 모아나는 지금 당장 떠나야 해요." 모니는 모아나를 흘끗 바라보았다. "혜성은 기다려 주지 않을 거예요."

붉은 주황빛 하늘 아래에서, 마을 사람들은 모아나를 향해 돌아섰다. 그들이 자신을 바라보는 시선과 무거운 짐이 느껴졌다. 모아나는 다시 하늘을 올려다보았다. 모니의 말이 맞다. 혜성은 오래 머물지 않을 것이다.

"언니, 떠나면 안 돼." 시메아가 말했다.

투이 족장은 막내딸을 달래 보려 했지만 소용이 없었다.

시메아는 세차게 고개를 저었다. "*언니 가지 마!*" 이번엔 절박하게 외치는 소리가 해변에 울려 퍼졌다.

"시메아—." 모아나가 말을 하려 했다.

하지만 어린 동생은 기다리지 않았다. 시메아는 울면서 어깨를 들썩이며 달려가 버렸다. 시나는 한 박자 머뭇거리며 모아나를 잠시 바라보다가 돌아서서 시메아를 따라갔다.

모아나는 엄마와 동생이 가는 모습을 지켜보았다. 두 눈에 눈물이 가득 고였다. 여러 감정이 마음속에서 서로 싸워댔다. 슬픔, 두려움, 분노 그리고… 설렘. 모아나의 아버지는 곁에 조용히 서서 모아나가 말하기를 기다렸다.

"제가 뭘 해야 할지 알겠어요." 모아나가 말했다. "하지만 *평생?* 우리 섬을 포기하라고요? 우리 민족을? 내 가족을? 어떻게 그럴 수 있겠어요? 어떻게 조상님은 제게 이렇게 많은 것을 요구할 수 있죠?"

"달리 누구에게 부탁할 수 있겠니?" 투이 족장이 대답했다. 그는 입술을 애써 당겨 슬픈 미소를 지었다. 하지만 곧 고개를 끄덕이며 결심했다. 그는 한 번 더 미소를 지은 다음 모아나의 어깨를 꽉 잡아 주고는 시나와 시메아에게로 갔다.

모아나는 혼자 해변에 가서 앉았다. 그녀는 떠나야만 했다. 이것만은 확실하다. 하지만 다시는 가족도 마을 사람들도 보지 못할 수도 있다는 사실이 자신을 짓눌렀다. 그들은 모아나라는 존재 안에 촘촘히 엮여 있다. 만약 집에서 그렇게 멀리 간다면, 여전히 그녀 자신일 수 있을까? 바다와 마찬가지로, 모투누이도 모아나의 핏속에 흐르고 있다. 하지만 다시는 모투누이의 해안을 밟을 수 없다면, 모아나는 어떤 사람이 될까?

비록 집에서 멀리 떨어져 있더라도 모아나의 가족과 마을 사람들 모두는 항상 그녀의 곁에 있을 거라는 걸 알고 있었다. 모아나는 용감해지고 싶었고, 조상님과 자신의 민족을 자랑스럽게 하고 싶다. 수년 전 바다의 부름을 느꼈던 것처럼, 혜성의 빛이 그녀를 부르는 것을 느꼈다. 하지만 이번 여정은 마지막 항해와는 전혀 달랐다. 앞으로 해야 할 일을 생각하니 두려움이 밀려왔다. 고향을 영원히 떠나 있을 수도 있다는 생각은 견디기 힘들 정도였다.

갑자기, 모아나 앞의 바다가 파란색으로 빛나기 시작했다. 반짝이는 문신을 가진 쥐가오리가 석호에 나타나자 빛은 더 밝아졌다.

"할머니!" 모아나는 낯익은 할머니의 영혼이 해변에 나타나자 울음을 터뜨렸다. 탈라 할머니는 두 팔을 크게 벌렸다. 모아나는 망설이지 않았다. 할머니에게 달려가 그녀의 사랑스러운 품에 안겼다. 탈라 할머니는 손으로 모아나의 머리를 쓰다듬었다.

둘은 함께 석호에 늘어선 바위로 향했다. 그리고 조용한 노래에 맞춰 몸을 흔들기 시작했다. 그렇게 하는 동안에도 모아나는 마음이 아팠다. 탈라 할머니와 이런 시간을 수없이 많이 보냈었기 때문이다. 이 또한 마치 이 섬처럼 모아나의 일부였다. 모아나가 곧 떠나야만 하는 바로 이 섬처럼.

모아나의 움직임이 어긋나면서 할머니와 맞지 않게 되었다. 탈라 할머니는 계속 몸을 왔다 갔다 흔들었다. "뭐가 그렇게 걱정이 되니?" 할머니가 물었다. 할머니의 목소리는 다정했고, 눈빛은 따듯했다.

모아나는 한숨을 쉬었다. "제가 가야 한다는 건 알아요. 단지…" 모아나는 잠시 망설이며 알맞은 말을 찾았다. "…제가 예상했던 게 아니어서요."

탈라 할머니는 고개를 끄덕였다. "나는 죽어서 지금 쥐가오리가 됐잖니." 할머니가 대답을 이어갔다. "내가 네 나이였을 때, 그게 내 이야기일 거라고 생각했을 것 같니?" 할머니는 미소 지으며 부드럽게 자기 엉덩이를 모아나의 엉덩이에 툭 부딪혔다.

"시메아는 절대 이해하지 못할 거예요. 제가 어떻게 하면 될까요?" 모아나는 작은 목소리로 말했다.

"너도 나를 떠나고 싶지 않았잖니." 탈라 할머니가 핵심을 찔렀다.

"하지만 우린 여기 있단다. 여전히 함께지. 단지 조금 다른 모습일 뿐이야."

"이 섬은 저의 일부예요. 만약 집으로 돌아올 수 없다면…" 모아나의 목소리가 점점 작아져서 들리지 않았다. 그 말을 소리 내어서 하는 것만으로도 마음이 아팠다.

탈라 할머니는 움직이는 것을 멈추고 모아나의 팔에 부드럽게 자신의 손을 얹었다. "모아나, 난 너의 이야기가 이끄는 곳을 볼 수 없단다." 할머니는 차분한 목소리로 말을 이어 갔다. "하지만 우리는 우리가 누구인지 계속해서 선택해야 해." 할머니는 바위에서 일어나 얕은 물 속으로 걸어 들어갔다. "하늘의 불이 영원히 기다려 주지는 않을 거야."

그리고 탈라 할머니는 다시 반짝이는 쥐가오리로 변해 석호 주변을 유유히 헤엄쳤다. 곧 쥐가오리는 멀리 헤엄쳐 사라졌다. 모아나와 할머니 사이의 거리가 멀어질수록 하늘의 혜성은 더 밝아졌다.

모아나는 할머니 말씀이 옳다는 걸 알았다. 혜성은 하늘 위에 영원히 있지 않을 것이다. 가능한 한 빨리 떠나야 했다.

"나는 모투누이의 모아나야. 나는 새로운 하늘을 향해 항해하고, 저주를 깨트리고 그리고… 다시 고향으로 돌아올 거야." 모아나는 스스로에게 약속했다.

66 모아나, 네겐 선원이 필요해." 함께 모아나의 카누를 살펴보던 엄마가 말했다. "그리고 헤이헤이와 푸아는 선원이라 할 수 없어." 엄마는 수탉과 돼지가 서 있는 곳을 가리켰다. 헤이헤이는 평소처럼 멍한 표정이었고 푸아는 언짢아 보였다.

어머니 말이 틀린 것은 아니었다. 하지만 누구에게 함께 가자고 부탁한단 말인가? "거긴 바다 *반대편*이에요, 어떻게 사람들에게 부탁을─."

시나가 모아나의 말을 막았다. "만약 네가 기회를 준다면 우리 부족은 함께할 거야."

모아나는 엄마의 말을 곰곰이 생각했다. 엄마가 옳았다. "그럼 더 큰 카누가 필요하겠네요." 모아나가 말했다. 그리고 모아나는 누가 도와줄 수 있는지 정확히 알고 있었다.

모아나는 보트 하우스에서 로토를 찾았다. 로토는 작은 공간을 이리저리 돌아다니며 부산하게 움직이고 있었다. 모아나가 로토에게 필요한 것을 말하자마자 로토는 모형을 조립하기 시작했다. "좋았어! 완전 새로운―." 로토는 카누 모형을 들어 보이며 말했다. "날렵한 이중 선체 설계야. 내가 만든 카누 중에서 최고지. 최고급 사양으로 업그레이드했다고. 네 선원들이 좋아할―."

"있잖아, 로토!" 모아나가 로토의 말을 중간에 끊고 끼어들었다. 모아나는 엄마가 동물이 아닌 사람 선원이 필요할 거라고 말했을 때만 해도 누구와 함께 가야 할지 확신하지 못했다. 하지만 불현듯, 적어도 이 사람은 함께해야 한다는 것을 깨달았다. "네가 선원이 되어주면 좋겠어."

"아…." 로토는 잠시 망설였다. 그러더니 모형 카누를 모아나의 손에 툭 내려놓았다. "그럼, 이것보다 더 잘 만들 수 있겠는데."

모아나가 미소 지었다. 그리고 돌아서 나가려는 데 로토가 아드제를 가지고 머리 위 로프를 끊었다. 통나무가 모아나의 귓가를 쌩하니 아슬아슬하게 스쳐 지나갔다.

아슬아슬하게 피한 탓에 심장이 쿵쾅거렸지만, 모아나는 미소를 지으며 보트 하우스를 떠났다. 로토를 선택한 건 당연한 일이었다. 로토의 발명 기술은 항해하는 동안 요긴하게 쓰일 것이다. 하지만 선원들에게는 다른 것도 필요하다. 다음 목적지는 밭이다.

✷✷✷

모아나는 예상했던 바로 그곳에서 켈레를 찾았다. 심술궂은 농부 노인은 타로 작물을 돌보고 있었다. 그는 사람들에게 그리 친절하지는 않았지만 식물을 아끼고 키우는 데 있어서는 전문가였다. 작물 주위의 흙을 조심스럽게 두드리는 그의 모습은 인내심의 표본 그 자체였다. 하지만 모아나가 왜 여기 왔는지 말하자마자, 즉 그에게 선원으로 합류해 달라고 부탁하자마자 그의 어깨는 한껏 구부러지고 얼굴은 더 심하게 찌푸려졌다.

"배에 농부를?" 그는 고함을 쳤다.

모아나는 켈레의 열정 과다 수습생이 그녀에게 건네준 바나나를 한 입 베어 물고는 고개를 끄덕였다. "물고기 말고도 먹을 게 필요할 거예요—."

켈레가 말을 잘랐다. "관개 시설도 필요하고, 식물 수정도 필요할 거야." 그가 설명했다. 그러곤 수습생을 가리켰다. "내 최우수 수습생을 데려간다고 해도, 너희는 굶어 죽을 게 뻔해."

모아나는 미소로 답했다. "정확해요." 그러면서 켈레를 그녀의 계획으로 끌어들였다. "그래서 우리에겐 대가가 필요해요."

"그렇지, 대가가 정말 필요하—."

모아나가 듣고 싶었던 말이 바로 이것이었다. 이번엔 모아나가 그

의 말을 잘랐다. "고마워요, 켈레!" 모아나는 노래하듯 대답하고는 급히 발걸음을 돌렸다. 모아나의 등 뒤로 켈레가 투덜대는 소리가 들렸다. 하지만 절대 말을 되돌릴 기회를 주지 않을 것이다.

선원이 거의 다 모였다.

✹✹✹

잠시 후, 모아나는 스토리텔링 팔레로 살그머니 들어갔다. 그곳은 고요했다. 아이들은 밖에서 놀고 있었다.

모아나는 한쪽 벽에 걸린 마우이의 시아포 쪽으로 다가갔다. 마우이의 근육질 형상이 방을 가득 채운 듯했다. 마치 언제라도 뛰어나와 그녀를 놀릴 것만 같았다. 만일이긴 하지만, 그가 이 여정에 함께 했으면 좋겠다고 진심으로 바랐다. 모아나는 친구가 그리웠다.

"마우이." 모아나가 부드럽게 말했다. "오랜만이야. 네가 어디 있는지는 모르지만, 난 정말 네 도움이 필요해."

시아포 뒤쪽으로 마우이처럼 보이는 그림자가 나타나 모아나는 깜짝 놀랐다. 마우이일 수도? "마우이!" 모아나는 비명을 질렀다. 깜짝 놀란 모아나는 시아포를 뒤로 당겼다.

그것은 모니였다.

마을 역사가는 환하게 웃으며 시아포 뒤에서 걸어 나왔다. "사실, 우리 둘 다야." 모아나가 반신이 실제로 자신의 간청에 응답한 것으

59

로 생각했던 게 아쉬웠는지, 모니는 이렇게 말했다. 그는 시아포 몇 개를 더 꺼내 줄지어 세웠다. "마우이와 나, 연작의 일부지."

모아나는 실제로 두 사람을 다양한 장면으로 묘사해 둔 시아포 위를 찬찬히 훑어보았다. 모아나도 그림이 상당히 훌륭하다는 걸 인정해야 했다. 반신과 역사가 둘 다 거부할 수 없는 강인함을 지니고 있다. 시아포에 그려진 둘은 함께라면 무엇에든 맞설 준비가 된 것처럼 보였다.

"마우이가 이곳에 없어서 정말 아쉬워." 모니가 말을 이어갔다. "모아나, 네겐 옛이야기를 잘 알고, 정말 강인하고, 멋진 헤어스타일을 가진 사람이 꼭 필요한데 말이야."

모아나는 고개를 끄덕이며 그림 속 마우이와 모니, 실제 모니를 번갈아 보았다. "음, 그런 사람을 한 명 알고 있긴 한데…" 모아나는 모니가 자신의 힌트를 알아주길 바라며 말끝을 흐렸다.

하지만 모니는 알아차리지 못했다.

모아나는 잠시 기다리며 모니에게 시간을 좀 더 주었다. 그리고 시아포를 보며 고개를 끄덕이곤 다시 모니를 바라보았다. 그러곤 눈썹을 찡끗 올렸다.

마침내 모니가 알아챘다. "정말?" 그가 외쳤다. "물론이지! 여러분, 저는 모아나와 함께 조상님의 부름에 응답하러 떠납니다. 목격담들을 준비해 두세요!"

목격담도 물론 좋을 것이다. 하지만 분노한 신이 패배한 이야기를

모두 아는 사람이 있다는 것도 매우 귀중할 것이다. 그리고 그가 상당히 강하다는 것도 나쁘지 않았다.

모아나는 미소 지었다. 이제 모아나에겐 동료들이 있다.

✹✹✹

모아나의 카누가 물에 띄워졌다. 선원들도 준비되었다. 이제 모아나가 마지막 바구니만 싣고 나면 항해를 시작할 수 있다. 하지만 바구니를 들려고 한 순간, 너무 무거워 들 수가 없었다.

모아나는 바구니 안을 들여다보았다. 시메아가 애원하는 듯한 큰 눈으로 자신을 바라보고 있었다. "나도 언니랑 같이 갈 거야." 시메아는 최대한 터프하게 말해 보려 했지만, 목소리가 덜덜 떨려 그러지 못했다.

눈물이 왈칵 터져 나왔다. 선원을 구하고, 카누 짐을 싸느라 너무 바빠서 가장 힘든 작별에 대해서 생각할 겨를이 전혀 없었다. 하지만 이제 시간이 없다.

여동생의 슬픔에 찬 눈빛에 마음이 아렸다. "가능한 한 빨리 돌아올게." 모아나는 바구니에서 시메아를 꺼내며 말했다. "약속해."

"만약에 언니가 못 돌아오면?" 시메아가 물었다. 표정에는 두려움이 가득했다.

모아나는 침을 꿀꺽 삼켰다. 스스로도 확신하지 못하는데 어떻게 동생을 안심시킬 수 있을까? 불가능하게 느껴졌다. 하지만 그때 모아나의 시선이 바다 쪽을 향했다. 좋은 생각이 떠올랐다.

모아나는 시메아의 손을 잡고 석호의 한적한 곳으로 데려가서는 떠오르는 태양에 황금빛으로 물든 바다로 들어갔다. 그러고는 몸을 숙여 손가락을 물속에 넣고 빙글빙글 돌렸다.

"바다는 내 친구야." 모아나가 말했다. "우리 친구지. 우리를 연결해 줘. 그래서 내가 어디에 있든, 나는 너와 함께 있는 거야."

시메아는 그들에게서 멀어져 가는 물결을 따라갔다. 그러다 언니의 말이 무슨 뜻인지 깨닫고 고개를 끄덕였다. 시메아는 불가사리를 하나 집어 들어 모아나의 목걸이에 꽂았다. "이러면 언니가 고향한 조각을 함께 가져갈 수 있어."

모아나는 눈물이 그렁그렁 맺힌 채 미소 지었다. 그리고 시메아가 자신의 허리에 팔을 두르자, 모아나는 할 수 있는 만큼 세게 동생을 꼭 끌어안았다. 자신이 돌아올 때까지 이 포옹이 계속되기를 바랐다.

마침내 모아나가 손을 풀자, 태양은 하늘에 더 높이 걸려 있었다. 이제 더 이상 시간이 없었다. 모아나와 선원들은 혜성이 아직 그들을 인도할 수 있을 때 떠나야만 했다.

모아나는 카누로 다시 돌아왔다. 시메아도 언니를 따라왔다. 마을 전체가 모아나와 선원들을 배웅하려고 모여 있었다. 모아나가 다가오자 사람들은 양쪽으로 갈라져 모아나가 걸어갈 수 있게 길을 터 주었다.

그 길의 끝에는 엄마와 아빠가 서 계셨다. 그 뒤로 모아나의 카누가 바다 위에서 출렁이고 있었다. 로토, 켈레, 모니는 이미 카누에 타고 있었다. 마을 사람들이 계속해서 잘 다녀오라고 인사하는 동안, 모아나는 가족을 꼭 안았다.

모아나는 아무 말도 하지 않았다. 더 이상 할 말이 남아 있지 않았다.

마지막으로 한 번 더 동생을 꼭 껴안은 후, 모아나는 뒤돌아서 카누에 올라 선원들과 합류했다. 푸아가 코로 닻줄을 들어 올리자 모아나가 고맙다는 표시로 고개를 끄덕였다. 물론 푸아도 함께 간다. 헤이헤이도. 적어도 둘 중 하나는 도움이 될지도 모르니까. 돛이 활짝 펼쳐지자 마을 사람들이 환호성을 질렀다. 돛 중앙에는 모투페투 섬과 그 위에 있는 별자리 그림이 있었다.

모아나는 카누를 저어 넓은 바다로 향했다. 그러고는 돌아서서 마지막으로 손을 흔들었다. 환호성이 점점 희미해지고 바람이 불어오자, 모아나는 앞을 바라보았다. 혜성은 아침 하늘에서도 밝게 빛나고 있었다.

모아나의 항로가 정해졌다.

이제 모투페투를 찾을 시간이다.

마우이는 힘든 하루를 보내는 중이다. 아니 힘든 날들이 아주 오래 계속되고 있다. 정확히 며칠이나 지난 걸까? 알 길이 없었다. 썩은 달걀과 생선 냄새가 진동하고 창문도 없는 어두운 공간에 갇혀 있어서 시간이 얼마나 흘렀는지 가늠하기 힘들었다. 안타깝게도 이곳이 바로 지금 마우이가 있는 곳이다.

설상가상으로 마우이는 캄캄한 공간 한가운데서 거대한 물고기 뼈에 갇힌 채 밧줄 끝에 대롱대롱 매달려 있다. 팔을 옆구리에 딱 붙인 채로 물고기 뼈가 마우이의 몸을 칭칭 감고 있어서 몸을 살짝 흔드는 것 외에는 거의 움직일 수조차 없다.

상황도 좋지 않고 악취도 정말 끔찍했지만 무엇보다 최악인 건 그가 매달려 있는 밧줄 끝에 자신의 갈고리가 연결된 것이다. 마우이의 갈고리는 끝없는 어둠 속으로 사라질 듯 보이는 또 다른 밧줄에 연결되어 있었다.

하지만 이 모든 상황에도 불구하고, 마우이는 말할 때 고개를 꼿꼿이 높이 들었다. 그의 목소리가 저 멀리 벽에 울려 퍼졌다. "한 번 더." 마우이는 도전적으로 말하고는 더 큰 소리로 외쳤다. "이게 우리 이야기의 끝이 아니야. 이곳은 우리의 운명이 거부당할 곳이 아니라고. 우리는 함께 하나가 되어 일어선다! 다 함께 우리는 자유를 쟁취한다!"

마우이는 모인 군중이 자신의 연설에 감명받았길 바라며 아래를 내려다보았다. 군중이란 엄청나게 많은 수의 말뚝망둥어 떼였다. 미끌미끌하고 툭 튀어나온 눈을 가진 물고기들이 멍하게 마우이를 쳐다보고 있었다.

마우이는 눈살을 찌푸렸다. 하지만 그때 말뚝망둥어 중 한 마리가 천천히 위로 올라가는 것을 보았다. 바로 마우이를 향해서! "녀석, 이해했구나!" 마우이는 희망의 빛을 느끼며 이렇게 말했다. "그래, 너 말이야. 잘생긴 녀석. 너는 이제 내 갈고리만 가져오면 돼!"

마우이의 가슴에서는 미니 마우이가 고개를 절레절레 저었다. 절대 될 리가 없다. 수없이 많이 시도하고, 또 시도해 보았지만, 말뚝망둥어들은 한 번도 움직인 적이 없었다.

지금까지는!

천천히, 물고기들이 서로의 위에 쌓이기 시작했고, 일종의 망둥어

피라미드를 만들었다. 그들이 정말로 마우이의 갈고리까지 가려고 하는 걸까?

"하! 그래! 바로 그거야!" 마우이가 승리감에 도취해 말했다. "더 높이! 더 올라가! 거의 다 왔어! 조금만 더 높이ㅡ." 위쪽 어디선가 콸콸대는 소리가 들려오자 마우이의 목소리가 점차 잦아들었다. 말뚝망둥어들도 멈췄다. "어이! 안 돼! 멈추지 마! 계속 올라가!"

콸콸거리고 쩌억 쩍 대는 소리가 점점 커졌다. 물고기 피라미드가 갈고리에 채 닿기도 전에 또 다른 소리가 들렸다. 마치 트림 같은 소리가 터져 나왔다. 잠시 후 반쯤 먹힌 물고기와 해초가 폭포수처럼 쏟아지며 말뚝망둥어 무리를 쓸어 가 버렸다.

곤죽이 된 바다 오물이 마우이의 머리카락에서 뚝뚝 떨어졌다. 마우이는 한숨을 쉬었다. 어깨 위에서는 미니 마우이가 이미 수십 개 있는 표시 옆에 새로운 표시를 하나 더했다.

"걱정 마." 마우이가 믿음직하게 들리려 애쓰며 말했다. "내가 우리를 여기서 꺼내 줄 거니까."

미니 마우이는 모아나의 문신을 가리켰다. 마치 그녀가 도움이 될 거라 제안하는 듯했다.

마우이는 그 제안에 불쾌한 표정을 지었다. 그는 반신이다. "아니, 모아나가 날 구해 줄 필요 없어…." 미니 마우이의 시선을 느끼며 마우이는 말을 이었다. "…또다시는. 왜냐하면 모아나는 죽게 될 거니까. 날로는 나를 싫어하는 것보다 인간을 훨씬 더 미워해. 그리고 음,

나를 엄청나게 미워하지."

미니 마우이가 고개를 끄덕였다. 그나마 절제된 표현이었다.

"그러니까 곱슬머리가 최대한 여기서 멀리 떨어져 있을수록 좋아." 마우이는 온몸을 비틀어댔다. 그 통에 밧줄이 흔들렸다. "우리 스스로 해결해야 해." 그때 마우이에게 아이디어가 하나 떠올랐다. 그는 치아로 밧줄을 물었다. 필요하다면 씹어서라도 빠져나가리라!

누군가 혹은 무언가를 감지한 마우이는 잠시 멈췄다. 그리고 천천히 위를 올려다보았다. 하지만 곧바로 보지 말 걸 그랬다고 후회했다. 마탕이가 그의 위에 떠 있었다. 분명 계속 거기 있으면서 마우이가 고생하는 것을 보며 즐기고 있었으리라. 마우이는 이를 드러내며 으르렁거렸다.

"흠, 널 풀어 줄 수도 있지만…." 마탕이는 갑자기 역겨울 정도로 다정한 목소리로 말했다. "네 작은 친구를 꼭 만나 보고 싶어. 너희 둘을 위한 계획이 있거든."

"뭐?" 마우이가 버럭 소리를 질렀다. 마탕이는 점점 시야에서 사라졌다. "이봐! 야!"

하지만 아무런 소용이 없었다.

마탕이는 가 버렸다.

또다시 트림 소리가 들렸다. 더 많은 해초 덩어리가 머리 위로 쏟아졌다.

마우이는 인상을 찌푸렸다. 여기서 나가자마자 머리부터 감아야

할 것 같다. 나가기만 한다면.

　그는 모아나가 어디에 있든, 자신보다 더 잘 지내기를… 진심으로
바랐다.

8장

모아나는 돛대 꼭대기에 서서 저 멀리에 있는 혜성을 추적하고 있었다. 아름다운 광경이었다. 모아나는 신선한 바다 공기를 들이마시고는 목걸이를 살펴보며 목걸이 안에 꽂혀 있는 불가사리가 제자리에 잘 있는지 확인했다.

콕!

갑자기 헤이헤이가 모아나의 코를 쪼아대며 놀라게 했다.

"야아, 그만하는 게 좋을 거야." 모아나가 말했다. "우와!" 돛대가 통통 흔들렸다. 모아나는 아래를 내려다보았다. 로토가 아드제로 돛대를 내리치고 있었다!

"로토? 뭐 하는 거야?" 모아나가 물었다.

"업그레이드하는 중이지!" 로토가 설명했다. "헤이헤이가 아이디어를 쳤어!"

모아나는 돛대에서 쭉 미끄러져 내려왔다. "자, 그런 생각 하지 마. 카누는 지금 이대로도 완벽해."

"완벽함이란 신화 속 이야기일 뿐이야. 세상엔 오직 실패와 배움 그리고 죽음만이 있을 뿐이지." 로토가 대답했다.

모아나가 대답하기도 전에, 카누의 방향이 틀어지더니… 혜성에서 멀어지기 시작했다.

모니가 키를 잡고 있어야 했다. 하지만 모니는 그 대신 항해를 이끄는 모아나의 시아포를 그리고 있었다.

"모니!" 카누가 항로를 벗어나자 모아나가 외쳤다. "노!"

하지만 모니는 전혀 알아차리지 못했다. 대신 그림에 노를 하나 더 그렸다. "그래! 그래서 네가 길잡이인 거야."

모아나는 한숨을 쉬었다. 그러곤 혜성을 계속 따라갈 수 있도록 경로를 조정했다.

쾅!

로토가 밧줄을 자르자 돛이 다시 움직였다. 카누가 예기치 않게 또 갑자기 방향을 틀면서 선원 모두가 배 위에서 미끄러졌다. 모아나는 다시 재빨리 항로를 바로잡았다.

"여러분, 이건 장대한 항해예요." 모아나가 말했다. "모든 것을 받아들이고, 경로를 유지하고, 모두 카누에 있어 주세요."

모아나는 재빨리 인원을 세어 보았다. 한 명이 없었다. "잠시만, 농부는 어디 갔어? 켈레가 어디 갔지?"

그 순간, 푸아는 미끄러져서 멍한 상태로 비틀거리며 모아나를 지나 화물칸으로 들어갔다.

"아야!"

모아나는 눈살을 찌푸렸다. 그러곤 몸을 숙여 화물칸을 들여다보며 켈레를 찾았다. 농부는 눈을 가리고 있었다. "카누는 대체 언제 멈추는 거냐?" 켈레가 신음하며 물었다.

"글쎄요, 우리가 지금 바다 위에 있거든요." 모아나가 그를 살짝 놀리며 말했다. "신선한 바람을 좀 쐬는 게 어때요?" 모아나는 손을 내밀어 켈레를 화물칸 밖으로 끌어 올렸다.

"나는 흙을 더 좋아해." 켈레는 화분에서 흙을 한 줌 집어 들곤 아이가 애착 담요 냄새를 맡듯 흙 내음을 킁킁 맡으며 대답했다.

바로 그때, 이번에는 카누가 심하게 흔들렸다. 모니는 이번에도 전혀 주의를 기울이지 않고 있었다. 모아나는 붕 날아가면서 떨어지지 않으려 갑판을 움켜쥐었다.

얼른 일어난 다음 모아나는 배를 정상으로 돌리고 원래 경로로 돌아가기 위해 허겁지겁 움직였다. "여러분!" 모아나가 선원들에게 외쳤다. "바다를 받아들이지 않으면 우린 결코 성공할 수 없어요!"

"액체를 받아들일 순 없어." 로토가 대답했다.

"게다가, 난 수영할 줄 몰라." 켈레가 강조했다.

이대로는 안 될 것 같다. 모아나는 이들을 신나게 만들어야 했다.

"모투페투에 도착하고 싶지 않아?" 모아나가 말했다. 다른 사람들은 회의적인 눈빛으로 모아나를 바라보았다. "우린 이걸 즐겨야 해. 자, 숨을 들이마셔 봐. 바로 이 순간을 사는 거야."

그녀의 말이 파도 위로 퍼져 나갔다. 카누 위 다른 선원들은 침묵했다.

모아나는 한숨을 쉬었다. 바람, 바다, 하늘. 이보다 더 좋을 순 없었다. 어째서 선원들은 모아나와 같은 감정을 느끼지 못하는 걸까?

시간이 좀 걸릴 것 같았다.

하지만 다행히, 시간은 충분하다.

✵ ✵ ✵

날이 갈수록 모아나는 선원들이 바다를 받아들이고, 함께하는 이 여정이 얼마나 특별한지 깨닫도록 격려해야 했다. 모아나는 선원들도 자신처럼 모험에 관한 것을 느끼길 바랐다.

쏟아지는 비, 무서운 번개 폭풍, 타는 듯한 더위와 얼어붙는 추위를 겪으면서 선원들은 협력해서 혜성을 시야에서 놓치지 않았다. 포기하고 싶은 순간도 많았다. 당면한 과제가 너무 위험천만한 것 같았지만, 어떻게든 그들은 살아남았다.

마침내 테 피티를 지났다. 새로운 영토에 도착한 것이다.

오는 길에 매번 어려움을 겪어 가면서, 선원들은 천천히 모아나의 관점을 이해하기 시작했다.

켈레는 바다를 견디기 시작했다. 모니는 예전에 한 번도 그린 적 없는 새로운 장면을 그릴 수 있게 되었다. 로토는 무작정 뭐든 잘라 버리는 걸 그만뒀다. 푸아와 헤이헤이조차도 일상에 적응했다. 카누를 몰 수 있는 사람은 없었지만, 적어도 카누 위에서 편안해졌다.

그동안 모아나는 혜성의 경로를 따라 카누를 계속 전진시켰다. 가끔 시메아가 준 조개껍데기의 윤곽을 따라가며 파도 너머로 동생에게 조용한 메시지를 보내곤 했다. 바다는 항상 응답했다. 물보라가 얼굴에 물을 잔뜩 튀기며 시메아의 메시지를 전달해 주었다. 하지만 모아나는 개의치 않았다. 바다가 자신의 친구라는 것, 그녀의 여동생이 괜찮다는 것, 선원들이 함께 협동한다는 것, 혜성이 그들에게 길을 보여 주고 있다는 것을 안다는 사실에 마음이 행복했기 때문이다.

하지만 그 순간, 혜성이 펑펑하는 소리를 내기 시작하며 밝게 불타올랐다.

그러곤 사라져 버렸다.

"우리가 따라가야 했던 게 저거 아니니?" 충격에 잠시 침묵이 흐른 후 켈레가 물었다.

모아나는 두 눈을 커다랗게 뜨고 필사적으로 텅 빈 하늘을 살펴보며 말했다. "음, 자… 다들 당황하지 말고…" 모아나는 확실히 당황하고 있었다. "이렇게 된 건 이유가 있을 거예요. 아마 좋은 일이

겠지요."

헝!

카누가 갑자기 반대 방향으로 급선회하면서 선원들을 날려 버렸다. 모아나는 주위를 둘러봤다. 방금 무슨 일이 일어난 거지?

"모니, 노를 잡아!" 모아나가 소리쳤다.

모니는 벌떡 일어나 커다란 키잡이 노를 향해 급하게 달려간 다음 모아나가 이것을 움직일 수 있도록 돕기 시작했다. 하지만 노는 꿈쩍도 하지 않았다. 카누는 경로를 바꾸지 못했다.

"노력 중이야! 카누에 뭔가 문제가 있어!" 모니는 이를 악물고 계속해서 노를 밀면서 말했다.

"내 카누는 아무 *문제 없어*." 로토가 방어적으로 반박했다. "해류 때문이야."

모아나는 도움이 필요했다. 지난번 모험에서는 바다가 모아나를 도와주었다. 어쩌면 지금도 도와줄지 모른다.

"안녕, 바다야." 모아나는 카누 가장자리에 몸을 기대곤 흐르는 물살을 향해 속삭였다. "난 그다지 많이 계시를 받지는 못했거든. 그래서 말인데, 음, 만약 이게 방향을 바꿔야 한다고 말하는 너만의 방식이라면, 작은 응원이 큰 도움이 될 거야."

마치 대답이라도 하듯, 카누는 신비로운 해류에 이끌려 속도가 빨라졌다.

모아나는 혼란스러웠다. 이게 응원인가? 바다가 그녀의 말을 듣긴

한 걸까?

모아나가 알아내기도 전, 켈레가 외쳤다. "육지? 육지다!"

모아나는 눈을 가늘게 뜨고 해를 바라보았다. 수평선 너머에 뭔가 있었다. 그리고 강력한 해류가 그들을 그쪽으로 데려가고 있다.

"모투페투다!" 모니가 경외에 찬 목소리로 말했다. "우리가 찾았어! 임무 완수!"

"나는 *사람* 소리가 들리는데?" 로토가 물었다.

아니나 다를까, 파도 너머로 알아들을 수 없는 대화 소리가 들려왔다. 다른 선원들은 웃기 시작했지만, 모아나는 인상을 찌푸렸다. 뭔가 이상했다. 이건 너무 쉬웠다. 만약 모투페투가 이렇게 찾기 쉬웠다면, 벌써 오래전에 그녀의 조상 중 누군가가 찾았을 것이다.

'섬'이 시야에 들어오자마자, 모아나의 가슴이 쿵 내려앉았다.

그것은 바지선이었다.

"저건 섬이 아니야. 사람도 아니고." 모아나가 말했다.

그들이 찾은 것은 모투페투가 아니었다.

카카모라가 그들을 찾은 것이다.

모 아나와 선원들은 거대한 카카모라 바지선이 안개 속에서 나타나는 모습을 바라보았다. 마우이와 함께 마주쳤던 것과 똑같았다. 단지 이번 것이 더 컸다. 아니 훨씬 더 컸다. 그리고 카카모라가 돛을 펼치자 속도도 훨씬 더 빨랐다.

그리고 카카모라들의 함성이 들렸다. 바지선이 속도를 올리더니 그들을 향해 돌진했다. 모아나는 재빨리 행동에 나섰다. "당황하게 하고 싶지 않은데." 모아나는 카누 주위를 급하게 돌며 말했다. "만약 카카모라에게 잡히면, 그들이⋯ 어떻게 보면, 아마도, 확실히 우리를 죽일 거야. 힘내, 우리 팀!"

그러자 선원들도 멍한 상태에서 정신을 차렸다. 하지만 모아나를 돕기는커녕 공포에 질려 여기저기 흩어지고 말았다. 그들의 미친 듯

한 비명 위로 카카모라의 전쟁 함성이 다시 들려왔다. 코코넛처럼 생긴 생명체가 수백 마리는 있는 것이 분명했다.

바지선이 점점 더 가까워졌다. 모아나는 침을 꿀꺽 삼켰다. 빠져나갈 방법도 없었다. 마우이도 곁에 없었다. 모아나도, 선원들도 전혀 준비가 되어 있지 않았다. 도망칠 곳도 없었다.

모아나 곁에서 켈레도 같은 생각을 하고 있었다. "수치스럽군." 켈레가 중얼거렸다. "농부가 코코넛에게 살해당하다니."

그들은 일제히 숨을 들이마셨다.

여기까지군.

죽음을 피할 수 없어.

바로 그때, 바지선이 카누의 옆을 바로 지나쳤다!

엄, 이거 이상한데. 모아나는 그렇게 생각했다.

"우리가 괜히 겁먹었나 봐." 모니가 친구들에게로 돌아서며 큰 소리로 말했다.

하지만 카카모라가 왜 그들을 공격하지 않았을까? 무엇을 피해 도망가고 있는 거지?

모아나의 생각은 눈앞에 카카모라를 겁먹게 한 것이 정확히 모습을 드러내자 그대로 멈췄다. 거대하고 괴물 같은 조개가 큰 입을 벌리고 바다를 빨아들이고 있었다! 바로 그것이 모아나의 배를 카카모라 쪽으로 빠르게 끌어당긴 해류를 일으킨 것이었다!

조개 쪽으로 가는 길목에 있거나 해류에 끌려온 모든 것은 즉시

먹혀 버렸다. 모아나는 공포에 질린 채 미처 도망치지 못한 더 작은 카카모라 바지선이 한입에 먹히는 것을 지켜보았다.

"해류의 원인이 뭔지 알 것 같네." 로토가 당연한 말을 했다.

여기서 벗어나야 했다. 그것도 빠르게.

"여러분! 화물칸으로!" 모아나는 소리치면서 겁에 질린 선원들을 작은 공간으로 밀어 넣었다. 그들이 안전하게 피신하자 모아나는 일을 시작했다. 한 손에는 밧줄 뭉치를, 다른 한 손에는 노를 들고 도망치는 카카모라 바지선 쪽으로 카누를 돌렸다. 그리고 카누가 안정되기를 기다렸다. 그다음 적당한 때가 왔을 때 밧줄을 던졌다. 밧줄은 높이 휘돌아 바지선에 걸린 뒤 팽팽하게 당겨졌다. 덕분에 모아나의 카누가 바지선 바로 앞까지 나아갔다!

모아나는 로토가 감격에 차 헉하는 소리를 들었다. "우아! 궤도를 조정한 다음 원심력을 이용해 우리 배의 속도를 높이고 있어."

모아나는 그 뒤에 있는 과학적 원리에 대해서는 생각해 본 적이 없지만, 어쨌든 로토의 말이 맞았다. 그들의 배는 순식간에 더 빨라졌다. 그리고 빠른 속도로 카카모라 바지선 앞으로 날아갔다. 이제 그들이 아닌 카카모라들이 거대한 조개에 빨려 들어갈 위치에 있었다.

이제 다 끝났다는 확신이 들자 모아나는 돌아서서 카카모라에게 건방지게 손짓했다. "잘 가!" 모아나는 밧줄을 끊어서 카누를 분리할 준비를 하며 노래하듯 외쳤다. "태워 줘서 고마—"

크고 불길한 삐걱대는 소리에 모아나는 움찔했다. 모아나가 살펴보니 카카모라 바지선과 카누를 연결하고 있는 밧줄이 바닷속에 숨겨진 암초에 걸려 있었다. 밧줄이 팽팽하게 당겨지더니 두 배가 서로 흔들리기 시작했다. 두 배는 끔찍한 쿵 하는 소리와 함께 충돌하고는, 조용해졌다.

자신의 길을 막는 누구에게나 마치 다트 총을 쏘아대는 것으로 유명한, 화난 코코넛들이 가득한 바지선과 딱 붙어 버린 것이다.

모아나는 어느 쪽이 더 나쁜지 알 수 없었다. 이것일까, 아니면 거대한 조개에 빨려 들어가는 것일까.

선원들이 아직 화물칸에 있는 것을 확인한 다음, 모아나는 노를 잡았다. 한 번 싸워 보지도 않고 질 순 없었다.

"덤벼, 이 코코—."

훅, 훅, 훅.

카카모라의 다트가 모아나의 등에 박혔다. "넛들아." 모아나는 이렇게 말하며 바닥에 쓰러졌다.

✹✹✹

모아나는 자신의 뼈가 젤리처럼 느껴졌다. 손과 발이 묶여 있었지만, 그럴 필요가 없어 보였다. 몸을 움직여 싸우고 싶었는데 겨우 고개만 들 수 있을 뿐이었다. 다른 선원들도 별반 다르지 않았다. 단,

어째서인지 영향을 받지 않은 것 같은 헤에헤이만 제외하고.

"다들 걱정 마 내가 여기서 꺼내—." 모아나는 입을 겨우 움직이며 말해 보려 애썼다. 카카모라들은 거의 보이지 않았지만 그들이 주변에 있다는 것은 느낄 수 있었다. 그리고 그들의 대화 소리를 들어보니 꽤 화가 나 있는 듯했다. 모아나는 카카모라를 설득할 수 있을까?

"이봐! 이봐! 내 말 좀 들어 봐! 우리는 신성한 항해 중이야! 우릴 풀어 줘야 해—." 아무 소용 없었다. 전혀 권위 있게 들리지도 않았다. 오히려 우스꽝스럽게 들렸다.

근처에서 뭔가 쪼아대는 소리에 모아나는 주의를 딴 데로 돌렸다. 힘겹게 고개를 들어 보았더니 헤이헤이였다. 수탉은 카누의 돛을 연결하고 있는 밧줄을 열심히 쪼고 있었다. 갑자기 찢어지는 소리와 함께 밧줄이 끊어지더니 돛이 펼쳐졌다. 바람이 불어오자 돛에 그려진 별자리와 모투페투 섬이 모습을 드러냈다.

갑자기 모두 조용해졌다.

그러더니 카카모라들이 격렬하게 환호하기 시작했다.

✴ ✴ ✴

카카모라들이 계속 축하하는 동안 모아나와 선원들은 카카모라 바지선에 타고 있었다.

사실 모두가 축하하는 것은 아니었다. 코투라는 이름의 험상궂은 코코넛이 모아나를 계속 불쾌한 시선으로 노려보고 있었다. 그는 카카모라 족장의 아들이었다. 괴팍한 성격은 집안 내력인가 보다.

"대체 무슨 일인 거죠?" 모아나가 물었다. 이 상황을 전혀 이해할 수가 없었다.

다른 사람들도 마찬가지였다. 완전히 당황했다.

갑자기 카카모라 중 하나가 모니에게 다가왔다. 카카모라는 모니의 시아포 중 하나를 들어 올렸다. 그것을 펼친 다음 마우이와 모니가 카카모라와 싸워서 이기는 그림을 보고 고개를 끄덕였다. 카카모라는 시아포를 한 번 가리키고 모니를 가리킨 다음 다시 시아포를 가리켰다. 마치 *네가 이걸 그렸냐고* 묻는 것 같았다.

모니가 자랑스럽게 고개를 끄덕였다. "그건… 팬픽이야." 모니가 말했다.

모니 옆에서 켈레가 끙 소리를 냈다. 마취 다트를 맞았다고 해서 괴팍한 성격이 어디 가는 것은 아니었다. "이 멍청아, 네가 그렸는지 물어보는 건 그 그림을 해석해 주길 바라는 거라고." 켈레가 말했다.

카카모라들은 선원들 앞에 모였다. 그리고 점으로 된 간단한 그림처럼 뭔가 모양을 만들기 시작했다. 모아나는 그들이 뭘 하는지 궁금해하며 지켜보았다. 하지만 모니는 왜인지 바로 알아챘다. 그들은 카카모라의 역사를 보여 주고 있었다.

"오— 오, 고향 섬이 모투페투와 같은 바다에 있대." 모니가 해석을 시작하자 카카모라들은 계속해서 움직이며 새로운 그림을 만들어 냈다. "그리고 날로가 저주를 걸었을 때, 그곳으로 가는 바닷길이 다 사라졌대. 그래서 그들의 조상들이 고향으로 가는 길을 찾을 수가 없었지. 드디어 길을 찾았다고 생각했는데, 저 거대한 조개를 만나 버린 거야. 이제 영원히 갇혀서 조상들의 꿈을 이루지 못할까 봐 걱정하고 있어."

모니의 목소리는 카카모라의 족장을 바라보며 점점 잦아들었다. 족장은 고개를 끄덕이며 모니의 해석이 맞다고 확인해 주었다.

모아나는 모니와 카카모라 사이를 번갈아 바라보았다. "이렇게 오랫동안, 그들은 그저 고향에 돌아가려고 했던 거야?" 그들도 같은 것을 원한다! 모아나는 자신이 생각했던 것보다 카카모라와 공통점이 더 많다는 것을 깨달았다.

족장은 모아나와 선원을 가리켰다. 그다음 거대한 조개 쪽으로 손짓했다. 모아나는 그의 제안을 이해했다. "만약 우리가 조개를 물리치는 것을 도와주면, 당신은 우리가 모투페투에 갈 수 있도록 도와주겠다는 거군요… 함께요." 모아나가 말했다.

족장이 고개를 끄덕였다.

켈레가 방해하고 나섰다. "이봐, 우린 여전히 흐물흐물한 상태라고!" 켈레는 모아나를 향해 손짓했다. "어떻게 조개를 이길 수 있지? 흐물흐물해서 손가락 하나도 까닥할 수 없는데."

"음, 근육에 신경독이 가득 차 있어서 그래." 로토가 설명했다. 그

순간 얼굴이 환하게 밝아졌다. "잠시만! 잠깐만! 조개는 기본적으로 하나의 거대한 근육 덩어리거든. 우리가 가까이 가서 신경절에 다트를 쏘면 조개가 마비될 거고, 그럼 *반가워, 모투페투지!*"

모아나는 로토의 말에 동의한다는 표시로 최선을 다해 웃어 보였다. 그녀의 팀이라면 해낼 수 있을 것이다! 그리고 다시 족장을 올려다보았다. "당신은 우리가 그 일을 하길 원하는군요." 모아나가 말했다. "그렇다면 마비를 풀어 줄 수 있나요?"

7 1 므 장

모아나는 역겹게 생긴 거대한 블롭피쉬를 바라보았다. 젤리처럼 흐물흐물한 생명체도 모아나를 바라보았다. 아니, 적어도 모아나 생각엔 그랬다. 확신하긴 어려웠다. 이게 젤리처럼 흐물흐물해진 몸을 되돌려 놓는 방법이라고?

분명 그랬다.

모아나는 블롭피쉬가 자신의 몸 위로 미끄러져 다니면서 온몸을 끈끈한 점액질로 뒤덮는 구역질 나는 느낌을 겨우 참았다. 선원들은 한 명씩 차례로 같은 운명을 맞이했다. 블롭피쉬는 선원들의 온몸을 점액질로 뒤덮었다.

하지만 독 제거가 끝나자, 모아나는 혼자서 앉을 수 있게 되었다. 물론 여전히 온몸이 끈끈한 점액으로 뒤덮여 있긴 했지만, 효과가

있었다!

"좋았어!" 모아나가 얼굴에서 점액 덩어리를 닦으며 말했다. "조개에 쓸 독은 어디서 구하지?"

바로 그때 블롭피쉬가 재채기를 하더니 독을 뱉어 냈다. 카카모라는 익숙한 동작으로 통을 들고 점액을 받아 냈다.

"양쪽 모두에게 완벽하네." 로토가 진심으로 감탄하며 말했다.

모아나에게는 이 상황을 어떻게 받아들여야 할지 고민할 시간이 없었다. 지금 발아래에서는 바지선이 흔들리고 암초가 신음하고 있었다. 암초가 부서지기 일보 직전이다. 시간이 얼마 남지 않았다.

모아나는 바지선 갑판으로 달려가 카누로 뛰어내린 다음 준비를 시작했다. 밧줄을 당기고, 장비를 단단히 묶고, 헤이헤이를 안전한 곳에 태웠다. 물론 크게 도움이 된 적이 없긴 하지만.

"서둘러!" 모아나가 다른 선원들에게 소리쳤다. "우린 가야 해!"

바지선에서는 카카모라들이 북을 치기 시작했다. 그때 코투가 집라인을 타고 카누로 내려왔다. 코투는 신경독이 담긴 그릇에 화살을 담갔다가 모아나에게 건넸다. 모아나가 잡으려 손을 뻗었지만 코투는 화살을 놓지 않았다.

발아래에서 다시 암초가 갈라지는 소리가 났다. 이제 무너지는 건 시간문제였다.

코투는 모아나를 믿지 않았다. 코투를 탓할 순 없었다. 전에도 한번 그들과 싸운 적이 있었으니까.

"우린 거래를 했잖아. 우리가 조개를 처리하면 너희가 모투페투로 가는 걸 도와주기로. 알고 있다고."

모아나는 코투가 계속 고집을 부리면 어쩌나 잠시 고민했다. 하지만 곧 그는 마지못해 화살을 건네주었다. 자기 임무를 마친 코투는 다시 바지선으로 올라가 족장 옆으로 갔다.

"저놈은 우리를 싫어하는 것 같네." 켈레가 뻔한 소리를 했다.

"여기서 우리는 널 말하는 거야."

카카모라들이 바지선과 카누를 연결한 밧줄을 느슨하게 풀어 모아나와 선원들을 보냈다. 적절한 때가 되면 카누를 안전하게 끌어당길 수 있도록 밧줄은 그대로 연결해 둘 것이다. 적어도 계획은 그렇다.

그들 뒤 어디선가 조개가 그르렁대는 소리를 냈다. 모아나는 마지막으로 바지선을 올려다보고 족장과 눈을 마주쳤다. 카누가 암초에서 멀어지자 족장은 박자에 맞춰 조개껍데기를 두드리기 시작했다.

"저건 전사를 위한 경례야." 모니가 이를 알아챘다. 바지선 위의 모든 카카모라가 이에 동참했다. "아니면 *우리가*, 알잖아. 뭐 그런 경우를 대비해 작별 인사를 하는 거겠지. 확실하진 않지만."

조개는 또다시 끔찍한 소리를 내며 포효했다. 돌풍이 선원들 곁을 휙 하고 지나갔다. 모아나는 숨을 깊이 들이쉬며 목걸이를 꽉 잡았다가 시메아를 생각하며 숨을 내쉬었다. 모아나는 이 거래에서 자신의 몫을 할 수 있도록 도와주는 힘이 있다는 걸 떠올리며 마음을 진정시켰다.

암초를 떠나고 얼마 지나지 않아 모아나 일행은 조개의 양쪽 입 사이로 빨려 들어갔다. 악취는 참기 힘들 정도였고, 가늘고 기이하게 생긴 촉수가 주위에서 미끄러지듯 움직였다.

"촉수는 만지지 마." 로토가 촉수를 가리키며 고개를 끄덕였다. "조개가 입을 다물게 해 볼게. 안 되면 다른 시험을 해 볼 수도 있고."

푸아와 헤이헤이까지 다들 고개를 절레절레 흔들었다. "안 돼!" 다들 입을 모아 외쳤다. 지금은 로토의 가설을 시험해 볼 때가 아니었다.

켈레는 얼굴을 찌푸렸다. "우리가 어떻게 그 ― 켈레는 단어를 생각하느라 고심했다. ― '신경절'이 어떻게 생겼는지도 모르는데 쏠 수 있지?"

모니가 어깨를 으쓱하며 대답했다. "보면 알 수 있겠죠."

마치 기다렸다는 듯 그들 위로 작은 돌기가 나타났다. 특별히 무서워 보이진 않았다. 오히려 귀여웠다. 마치 작고 예쁜 생체 발광 빛이 중앙이 어디인지를 가리키고 있는 것 같았다. 마치 과녁처럼.

선원들은 서로를 바라보았다. 이게 신경절이라고?

"자, 그럼 내가." 모아나가 창을 들어 신경절을 찌르는 척했다. "이러기만 하면 '모투페투야, 우리가 간다'가 된다고?" 너무 쉬워 보였다.

과하게 쉬웠다.

바로 그때, 조개 바깥쪽에서 삐걱거리는 소리가 크게 들렸다. 암초가 부서지고 있었다! 암초가 갈라지기 시작하면서 바지선을 홱 잡아당겼다. 여전히 바지선에 묶여 있던 카누도 휘청거렸다. 똑바로 서 있으려 애쓰던 모아나는 그만 창을 놓치고 말았다. 창이 조개의 입속 깊은 곳으로 떨어지자 모아나는 비명을 질렀다.

"안 돼, 안 돼, 안 돼!" 모아나는 소리쳤다.

"이래서 항상 예비를 준비해 두는 거지!" 로토는 다른 창을 꺼내 며 말했다. 그러곤 활짝 웃었다. 헤이헤이가 그녀의 머리 바로 위로 떨어지기 전까진. 두 번째 창도 사라졌다. 하지만 로토는 걱정하지 않았다. 또 다른 창을 들어 올렸다.

"그래서 세 번째!"

쾅!

이번엔, 켈레가 로토 쪽으로 굴러 넘어졌다. 세 번째이자 마지막 창도 다른 창들과 함께 사라져 버렸다.

암초가 계속 부서지는 동안 모아나는 주위를 둘러보았다. 이 혼란에서 벗어날 방법이 분명히 있을 것이다. 그리고 그때 발견했다! 창 하나가 바다 깊숙이 사라지지 않고, 아래쪽 무언가에 박혀 있었다. 모아나는 카누 가장자리에 기대 손을 뻗어 창을 잡으려 안간힘을 썼다. 하지만 가까이 가긴 역부족이었다.

바로 그때, 코투가 바지선에서 카누로 집라인을 타고 와 조개의 입속으로 날아들었다. 휙! 코투는 독이 가득 든 거대한 창을 날렸다. 창이 조개의 신경절을 맞춘 후 폭발하면서 촉수가 독으로 가득 뒤덮였다. 조개는 꿈틀거리며 경련을 일으키기 시작했다.

그가 해냈다!

하지만 조개가 크게 몸부림치면서 암초가 완전히 갈라졌다. 때문에 카카모라 바지선이 조개 쪽으로 빨려 들어가기 시작했다. 동시에 조개의 입이 닫히고 있었다.

"여러분! 나가야 해요! 밧줄을 당겨요!" 모아나가 고함쳤다.

모아나의 눈이 코투와 마주쳤다. 그녀는 이 모든 것이 끝나면 코투를 반드시 가족에게 돌려보내겠다고 스스로에게 맹세했다.

모아나는 온 힘을 다해 미친 듯이 밧줄을 잡아당기며 조개의 입속에서 벗어나려 했다. 코투도 합류했다. 하지만 소용없었다. 힘이 부족했다.

안쪽 물살이 거세지면서 카카모라 바지선을 끌어당기자 카누에 연결된 밧줄이 팽팽하게 당겨졌다. 바지선을 풀지 않으면 카누도 바지선과 함께 조개 속으로 빨려 들어갈 것 같았다.

코투는 바지선을 한 번 바라보고, 다시 밧줄을 쳐다보았다.

모아나는 코투가 뭘 하려는지 알아챘다. 가족을 구하기 위해 그들을 희생시키려는 거였다.

"안 돼! 그러지 마! 멈춰!"

코투는 바지선을 마지막으로 한 번 더 바라보더니 자신의 칼로 밧

줄을 잘라 버렸다. 모아나와 선원들을 위한 유일한 동아줄이었다.

쉭쉭 하는 강렬한 굉음과 함께 그들은 조개 안에 만들어진 소용돌이 속으로 빨려 들어갔다.

그리고 그 괴물 같은 생명체는 그들을 통째로 꿀꺽 삼켜 버렸다.

마우이는 이렇게 어둡고 악취 풍기는 캄캄한 감옥에 더 갇혀 있다가 미쳐 버리는 건 시간문제라는 걸 깨달았다. 아무리 반신이라도 한계는 있었다. 그리고 아마도 자신은 그 한계에 도달한 것 같았다. 어디선가 인간들의 비명이 들린다고 맹세할 수 있었기 때문이다.

진짜 누군가 비명을 지르고 있는 거라면, 그 소리는 점점 더 커지는 것 같았다. 마치 비명을 지르는 인간들이 점점 자신을 향해 떨어지고 있는 것 같아, 마우이는 고개를 기울였다. 잠시 후, 쿵 하는 소리가 났고, 마우이는 바닥으로 떨어지기 시작했다. 미끌미끌한 그곳에 아주 세게.

"오, 좋았어!" 마우이가 외쳤다. 방금 무슨 일이 일어난 건지 전혀 알 수 없었지만 상관없었다. 물론 그의 몸은 여전히 생선 뼈와 밧줄에 묶여 있었지만 그래도 벌써 탈출한 것 같은 기분이었다.

그는 미니 마우이를 내려다보았다. "오, 좋았어! 내가 말했지? 나가게 해 준다고!"

양손이 여전히 옆구리 쪽에 묶여 있어서 일어나려 해도 손을 쓸 수가 없었다. 그래서 마우이는 숨을 한 번 깊이 들이쉰 후, 등을 활처럼 휘었다가 힘차게 밀어 누운 자세에서 그대로 일어났다. 일어선 다음, 머리를 마구 흔들어 머리카락을 털어냈다. 아니 적어도 털어내려고 시도했다. 하지만 끈적끈적한 바다 점액으로 뒤덮여 있어 털어내기가 쉽지 않았다.

고개를 드니 위에서 갈고리가 흔들리는 것이 보였다. 그가 매달렸던 밧줄은 바닥에선 손이 닿지 않는 곳에 있었다. 밧줄만 잡을 수 있다면 올가미를 만들어 갈고리를 자기 쪽으로 끌어당길 수 있고 그러면 이곳에서 나갈 수 있을 텐데!

유일한 문제는 그의 팔이 아직도 옆구리에 묶여 있다는 거다. 마우이는 목을 마구 흔들며 몸을 앞뒤로 비틀었다. 할 수 있는 한 최대로 몸을 늘리고 힘을 주며 밧줄을 잡아 보려 애쓰면서 끙끙 앓는 소리를 냈다. 마침내 손끝이 밧줄에 닿았다! 거의 다 됐어….

"마우이????????"

갑자기 인간의 얼굴이 나타나자 반신은 깜짝 놀랐다. 그는 비명을 지르며 밧줄을 놓쳐 버렸다. 그러는 통에 마우이의 몸이 뒤로 흔들리며 기울어지더니 다시 한번 바닥으로 떨어졌다. 이번에는 동굴 같은 공간 안을 데굴데굴 굴렀다. 그러다 거북이처럼 등을 바닥에 대고 겨우 멈췄다. 그의 가슴에서는 미니 마우이가 고개를 절레절레 저었다.

로토, 켈레, 모니가 그를 내려다보고 있었다.

"문신이 움직여!" 모니가 외쳤다. "문신이 움직인다고!"

그의 옆에서 로토가 눈살을 찌푸렸다. 그러곤 마우이의 상체를 둘러싼 생선 뼈 사이로 조심스럽게 손을 뻗더니 미니 마우이를 쿡 찔러 보았다.

"이봐, 그만해!" 마우이가 말했다. "그만하라고. 난 반신이야." 마우이는 이렇게 말하면서 자기 몸을 위로 굽혀 보았다.

"좋아, 첫 번째 규칙…" 마우이의 몸이 움직이다가 다시 옆으로 구르고 말았다. 상황이 그다지 좋지 않았다. "알았어, 좋아. 누군가 날 좀 굴려서 뒤집어 줘. 뒤집어 달라고!"

"제가 뒤집어 드릴게요!" 모니가 너무 신나서 말했다.

마우이는 인상을 썼다. 너무 열정적으로 제안하는 게 마음에 들지 않았다. 또 모니가 자신을 바라보는 방식도 싫었다. 물론 인간들이 쳐다보는 것에는 이미 익숙했지만 이건 평소의 팬심 어린 시선과는 좀 달랐다. "너 말고! 저 녀석 말고!"

다행히도 로토가 기꺼이 돕겠다고 나섰다. 그 뒤에서는 켈레가 모니에게 몸을 기울였다.

"이게 바로 너의 우상을 만났을 때 일어나는 일이야." 켈레는 마우이가 제 몸 하나 제대로 가누지 못하는 모습에 전혀 감동받지 않은 듯한 말투였다.

하지만 켈레의 비꼬는 말도 모니에겐 통하지 않았다. "저도 알아요, 그렇죠!" 모니는 정말 황홀한 듯 보였다.

마우이는 심호흡을 한 뒤 다시 말했다. "첫 번째 규칙. 너희는 절대로 이런 내 모습을 본 적이 없다. 물론 여전히 멋져 보이긴 하지만."

"꼭 신장 결석에라도 걸린 것처럼 보이는데." 켈레가 말했다.

"그리고 넌 딱 그게 뭔지 알 만한 사람처럼 생겼고." 마우이가 빈정대며 받아쳤다. "너희 셋이 어떻게 여기까지 왔는지 모르겠지만, 관심 없어."

바로 그때, 코투가 쓰레기 더미에서 기어 나왔다. 마우이는 전혀 예상하지 못했다. 잠시 후, 푸아도 어디선가 풀려나와 마우이의 머리 위로 떨어졌다. 푸아는 마우이에게 한 번 통 하고 튕긴 다음 바닥으로 착지했다. 푸아라고? 이것 역시 전혀 예상하지 못한 일이다. "음, 안녕, 베이컨." 마우이는 배고픈 눈으로 돼지를 바라보며 말했다. 그다음 인간들에게로 돌아섰다. 분명 마우이가 알아야 할 뒷이야기가 있을 것이다. 왜 그들이 모아나의 돼지를 데리고 있는지도 의문이었다. 하지만 일단 지금은 반신으로서 처리할 중대한 일이 있다.

마우이는 다시 한번 밧줄을 갈고리를 향해 던졌다. 여전히 밧줄과 생선 뼈에 팔이 묶여 밧줄을 던지는 게 어색했지만, 어떻게든 갈고리에 올가미를 거는 데 성공했다. 그리고 힘차게 당겨 아래로 끌어 내렸다. 그는 행복한 환호성을 지르고는 갈고리에 키스했다. 갈고리가 다시 돌아와 정말 좋았다.

"곧 돌아올게." 마우이가 다른 선원들에게 말했다. "길어야, 십 년."

기쁨의 *치 후!*를 외치며 마우이는 벌레로 변신했다. 몸을 구속하던 밧줄과 생선 뼈가 무더기로 바닥에 떨어지면서 마침내 자유의 몸이 되더니 획 하고 사라졌다. 마우이는 다시 여러 가지 동물로 빠르게 연달아 변하더니, 마침내 다시 반신인 마우이의 모습으로 되돌아왔다.

감탄에 젖은 사람들을 힐끗 쳐다보곤 마우이는 미소를 지었다. *여전히 먹히는군.* 그는 혼자 생각했다. 마우이는 떠나려다가 다시 생각했다. 최소한 충고라도 해 주고 가야겠다는 생각이 들었다. "살고 싶다면, 아무하고도 말하지 마." 마우이는 경고했다. "미친 박쥐 여자가 보이면 도망쳐. 그 여자는 최악이야. 거짓말만 하는 데다… 박쥐로 가득하지. 그리고 그 여잔 거미처럼 너희를 거미줄에 가둘 거야." 인간들은 공포에 질린 얼굴이었다. "하지만 분명히 말해 두는데, 그 여자는 거미가 아니야. 거짓말쟁이지. 사람을 잡아 가두는 거짓말쟁이. 사실 그녀는 박쥐 대신 거미를 키워야 할 것 같은데…."

마우이는 뭔가 자신을 꼬집는 느낌에 아래를 내려보았다. 미니 마우이가 이제 그만하라는 신호를 보내고 있었다.

모니가 뭔가 말하려다가 다시 입을 닫았다. 마치 질문을 하고 싶지만 어디서부터 시작해야 할지 모르는 것 같았다. 마우이는 그럴 시간이 없었다. "요점은, 멀리 떨어져. 아니면 죽을 테니. 잘 있어!"

마우이가 가려고 돌아서는데, 근처에 있던 말뚝망둥어가 이상하게 퍼덕거리기 시작했다. 꼬끼오 소리와 함께 말뚝망둥어 입에서 헤이헤이가 튀어나왔다!

"카누용 간식!" 마우이는 수탉을 만나니 이상할 정도로 반가웠다. 하지만 잠깐. 마우이는 생각했다. 헤이헤이가 여기서 뭘 하는 거지? 그러고 보니, 푸아는 또 왜 여기에 있고? 마우이는 두려움에 휩싸여 미니 마우이를 내려다보았다.

"모아나는 어디 있어?"

1군장

모아나는 잔잔한 모투누이의 바다를 바라보았다. 발아래 모래가 따듯했다. 집에 있는 건가? 하지만 그게 어떻게 가능하지? 조개가 그들을 삼켰을 때 이상한 통로로 빨려 들어간 걸까? 정말 이상한 일들이 일어났었는데.

"모아나 언니!"

익숙한 목소리에 돌아선 모아나의 얼굴에는 웃음꽃이 활짝 폈다. 시메아다!

"시메아? 시메아! 어떻게 여기 있는 거야?" 모아나는 동생을 꼭 안으면서 말했다.

시메아도 모아나를 꼭 안아 주었다. "난 여기 없어." 시메아는 달콤한 목소리로 말했다. 너무 과하게 감미로웠다. "언니는 거대한 조개에 빨려 들어왔어. 그리고 모두를 실망시켰지. 이제 언니는 절대 타우타이 바사가 시작한 일을 끝맺지 못할 거야. 그리고 바다의 사람들을 다시 연결하지도 못하겠지. 그리고 조상님들은 '모아나, 우린 널 영원히 증오한다…'라고 할 거야."

뭔가 펄럭이는 이상한 소리가 귓가에 가득했다.

모아나는 혼란스러워하며 뒤로 물러섰다. 모아나는 공포에 질려 '시메아'의 귀에서 박쥐 귀가 돋아나는 모습을 바라보았다. 모아나는 바로 눈앞에서 동생이 변하는 모습을 보며 두려움에 휩싸였다.

모아나는 화들짝 놀라며 깨어났다. 박쥐 한 마리가 자신을 내려다보고 있었다. 모아나는 본능적으로 한 손으로는 조개 목걸이를 잡고 벌떡 일어나며 다른 한 손으로 노를 잡았다. 박쥐를 향해 노를 휘두르기 시작했지만 노에 달라붙은 박쥐는 노를 놓지 않았다.

마침내 박쥐가 발톱을 풀었다. 모아나는 안도의 한숨을 내쉬었다. 하지만 그것도 잠시, 갑자기 박쥐 수백 마리가 모여들었다. 모아나는 박쥐들을 이리저리 휘저으며 캄캄한 어둠 속에서 길을 내 보려 했지만 역부족이었다. 박쥐가 너무 많았다. "할 수 있어, 난 할 수 있어." 박쥐가 더 많이 몰려드는 듯했지만 모아나는 스스로를 다독였다.

놀랍게도, 누군가가 대답했다.

"넌 할 수 있어."

목소리가 들리는 곳을 향해 돌아서자 박쥐 폭풍이 잠잠해졌다.

그리고 모아나의 눈앞에는 보라색 눈의 아름다운 반신이 나타났다. 그녀는 시아포 망토 거꾸로 매달려 있었다. 온몸에 두려움이 가득했지만 모아나는 감탄을 감출 수 없었다.

"진정해. 물지 않으니까." 반신이 말했다. 그녀는 모아나가 처음 노에서 떼어 내려 했던 박쥐를 향해 고개를 끄덕였다. "페카는 물지도 모르지만." 어깨를 으쓱하며 반신은 망토에서 멀리 미끄러져 내려가더니 몸을 홱 뒤집어 우아하게 착지했다. 그리고 천천히 모아나 주위를 걸으며 그녀를 훑어보았다.

모아나는 턱을 위로 쳐들었다. 이 반신이 누구든 간에, 자신을 위협하도록 내버려 두지 않을 작정이었다.

"길잡이를 본 지 꽤 오래되었군." 반신은 모아나를 가리켰다. "그 복장, 목걸이, 노."

모아나는 노를 무기인 양 들어 올렸다. "이걸 어떻게 쓰는지 보고 싶은가 보지?"

"오, 용감하네! 우린 그게 닮았군… 모아나."

모아나의 놀란 표정을 보고 반신은 고개를 끄덕였다. "모든 신들의 입에 오르내리는 인간! 나는 네가 좀 더… 대단할 줄 알았는데."

그녀는 모아나의 시야에서 미끄러지듯 사라졌다 나타나길 반복하며 그림자 속으로 몸을 숨기기 시작했다. 하지만 모아나는 이 반신의 장난에 어울리고 싶지 않았다. 여기서 이 반신과 시간을 보내면 보낼수록… 글쎄, 이 반신이 누구든 간에, 선원들과 모투페투를 찾을 수 있는 시간만 뺏길 뿐이다. 반신이 다시 한번 옆으로 미끄러지듯 지나가자, 모아나는 노를 세차게 휘둘러 반신의 망토를 고정했다. "넌 누구지?" 모아나가 다그쳐 물었다.

"마탕이." 반신이 대답했다. 그녀는 새롭게 관심을 보이며 모아나를 바라보았다. "이 작은 낙원의 수호자지."

모아나는 별로 인상적이지 않은 주위를 둘러보았다. "여기 살아?"

"원해서 사는 건 아니야." 마탕이가 대답했다. 그러곤 눈살을 찌푸렸다. "마우이가 내 이야기는 안 하던가? 재미있네. 마우이는 너에 대해 아는 건 별로 없으면서도 말만 많았는데."

모아나의 심장이 빨라졌다. "잠깐, 잠시만. 마우이를 본 적 있어?" 목소리에서 희망을 감추지 못하며 모아나가 물었다. "마우이가… 잠시만, 여기 있어?"

마탕이는 모아나의 질문에 답하지 않았다. "아직 배울 게 많군." 마탕이는 모호하게 대답했다. "자, 그럼 따라와."

마탕이는 사라졌다가 작은 배 위에 다시 나타났다. 그 작은 배는 안개 위에 떠 있는 듯했다. 돛은 해먹처럼 생겼고, 마탕이는 그 가운데 누워 있었다. 그녀는 모아나에게 같이 타자고 손짓했다.

모아나는 고개를 저었다. "너와는 아무 데도 같이 가지 않아." 모아나가 말했다. "난 할 일이—."

마탕이가 끼어들었다. "여기서 나가서 날로의 저주를 풀고 모투페투를 찾아야…." 미소 지은 마탕이의 얼굴이 위협적으로 보였다.

"난 도와주러 온 거야."

모아나는 눈을 크게 떴다. 마탕이가 어떻게 이 모든 걸 다 알고 있는 거지? 그리고 또 뭘 알고 있는 걸까?

온몸을 가득 채우는 불안감에도 불구하고, 모아나는 물어볼 수밖에 없었다. "모투페투로 가는 길을 알아?"

마탕이는 모아나의 질문에 실망한 듯 한숨을 쉬었다. "길을 알아야만 어딘가에 도달할 수 있다고 생각하니?"

"그게 바로 길잡이가 하는 일이잖아." 모아나가 대답했다.

"휴, 막 과대평가를 믿기 시작한 참이었는데. *진정한 길잡이란 자신이 어디로 가는지 전혀 몰라.* 그게 바로 핵심이야. 한 번도 발견되지 않은 곳으로 가는 길을 찾는 거지. 성공하고 싶다면 지도에서 벗어나야 해. 조금은 길을 잃어 보라고."

모아나가 지켜보고 있는데 갑자기 작은 배가 반대 방향으로 출발했다. 배는 천장으로 빠르게 올라가 모아나의 머리 위로 질주했다. 그러더니 뒤집히며 모아나를 향해 곧장 달려들었다. 모아나가 배와 부딪히기 직전, 마탕이가 손을 뻗어 모아나를 잡아당겨 배 위로 끌어 올렸다.

"내가 왜 네 말을 들어야 하지?" 모아나가 물었다. 모아나는 어깨 너머로 흘끗 쳐다보았다. 이것이 —무엇이든 간에— 끝나고 나면 다시 그곳으로 돌아가는 길을 기억할 수 있길 바랐다.

"왜냐하면 네가 저주를 풀기 전까진 나도 나갈 수가 없거든."

마탕이가 모아나의 주위를 돌며 대답했다. "그러니까 난 지금 네게 가장 적합한 사람인 거지."

작은 배가 어두운 공간을 질주하는 동안 마탕이는 계속 말을 이었다. 그녀는 모아나가 길을 찾으려면 먼저 길을 잃어야 한다고 설명했다.

아무리 마탕이가 자신의 방향 감각을 혼란스럽게 만든다 해도, 그리고 정말 열심히 그러고 있긴 해도 모아나는 절대 방향을 잃지 않겠다고 결심했다.

"진정한 길잡이는 자신이 어디로 가는지 전혀 모르지. 그게 바로 핵심이야." 마탕이는 앞서 했던 충고를 되풀이했다. "한 번도 발견된 적이 없는 곳으로 가는 길을 찾아내기 위해서는 말이지."

모아나는 얼굴을 찡그렸다. 여전히 마탕이가 무슨 말을 하는지 알 수 없었지만 지금으로서는 이해하려고 노력하는 것 말고는 다른 방법이 없었다. 섬뜩한 박쥐들과 보라색 눈동자에도 불구하고, 모아나는 이 반신이 자기가 하는 말의 의미를 잘 알고 있을 것 같다는 느낌이 들었다.

이들을 태운 작은 배는 지하 강을 따라 빠르게 움직였다. 모아나는 앞쪽에서 갈림길을 보았다. 한쪽은 잔잔한 물로, 다른 한쪽은 캄캄한 허공 속으로 떨어지는 것처럼 보였다. 마탕이는 어두운 허공을 향해 배를 조종하고 있었다!

모아나는 노를 잡고 잔잔한 물길로 향하도록 배를 조종했다. 그러다 갑자기 물방울이 하얗고 거칠게 이는 것을 보며 잔잔하지 않다는 것을 깨달았다. 폭포 아래로 떨어지며 모아나는 비명을 질렀다. 떨어지기 직전, 마탕이가 손을 뻗어 붙잡아 모아나를 구했다.

마탕이는 모아나를 거대한 조개 속에 넣고 돌려 더욱 혼란스럽게 만들었다. 마침내 멈추고 나자 모아나는 다시 아까 그 강의 갈림길로 돌아와 있는 것을 알게 되었다. 모아나는 다시 같은 선택의 기로에 섰다. 길을 따라가다 다시 한번 폭포를 겪을 것인가 아니면 용감하게 더 무서워 보이는 다른 길을 선택할 것인가. *길 아래에는 뭐가 있을까?* 모아나는 궁금했다. 알 수 있는 방법은 단 하나뿐이다.

그녀는 온 힘을 다해 노를 저어 어둠 속으로 들어갔다.

그리고 떨어졌다.

정말 짜릿했다!

모아나는 완전히 길을 잃었다. 방향 감각을 완전히 잃은 채 빙글빙글 소용돌이치는 보라색 구름에 둘러싸여 있었다. 탈출구 없는 거대한 진주 속에 갇혔다는 것 말고는 아무것도 보이지 않았다. 공포가 스멀스멀 밀려오는 것을 느낄 수 있었다.

모아나는 심호흡으로 스스로를 다잡았다. 아마 마탕이가 속이지 않았을지도 모른다. 모아나는 계속해서 노를 빙빙 돌리며 구름 소용돌이를 만들기 시작했다. 점점 더 빠르게 노를 빙빙 돌리자 마침내 쉭 하는 소리와 함께 바닥이 보였다.

모아나는 숨이 턱 막혔다. 자신이 거대한 조각상의 얼굴 위에 서 있었다. 그것도 그냥 얼굴이 아니라 마우이가 갈고리를 되찾으러 랄로타이로 들어갈 때 열었던 얼굴과 똑같이 생긴 얼굴이었다. 출구다! 마탕이가 모아나를 도와준 것이다!

쾅!

마우이가 모아나의 선원들과 함께 카누를 타고 동굴 안으로 날아들었다. 하지만 모아나는 짙은 보라색 구름 때문에 그들을 보지 못했다.

잠시 후, 마탕이도 모습을 드러냈다.

"모아나는?" 마우이가 갈고리를 마탕이에게 겨눴다. "모아나를 풀어 줘!"

마치 친구의 요구가 들리기라도 하듯, 모아나는 마우이가 그날 랄로타이에서 했던 말을 기억에서 끄집어냈다. 그리고 진주 속 얼굴 조각 위에서 발을 구르며 주문을 외우기 시작했다. 점점 더 강하게 발을 구르고, 목소리도 더 커졌다. 그러다 다시 한번 쾅 하는 소리와 함께 주변의 진주 벽이 폭발하며 반짝이는 불꽃들이 공중으로 날아갔다. 얼굴 조각의 입이 열렸다! 문이었다.

모아나는 감탄하며 주위를 돌아보았다.

"*마우이?*" 모아나가 소리쳤다.

두 친구는 깜짝 놀라 서로를 바라보았다. 하지만 재회를 만끽할 시간은 없었다. 진주 안에서 소용돌이치던 안개와 연기가 방 전체를 감싸기 시작했다. 그들 주위로 빛이 비쳤다. 모아나가 포털을 연 것이다.

"있잖아, 모아나가 널 필요로 하는 만큼 너도 모아나가 필요한 것 같더라고." 마탕이가 말했다.

　모두의 주위로 연기가 소용돌이쳤다. 마우이와 모아나의 선원들은 포탈로 빨려 들어갔고, 모아나만 뒤에 남았다.

　모아나는 마탕이와 눈을 마주쳤다. 서로를 존중하는 순간이었다. "자, 행운을 빈다, 길잡이." 마탕이가 말했다. "망치지 말고."

　그리고 모아나는 포털 속으로 사라졌다.

✹ ✹ ✹

　마치 슬로 모션처럼 떨어지는 느낌이었다. 시간이 멈춘 것 같았다. 모아나 뒤로 이상하게 왜곡된 목소리가 들려왔다. 모아나가 공간을 지나가는 동안, 만화경 같은 색들이 나타났다가 사라졌다.

　그리고 한 번 더 쉭 하는 소리가 나더니 모아나는 포털에서 튀어나와 소용돌이치는 터널로 들어갔다. 시간이 다시 정상 속도로 돌아온 듯했다. 여전히 공중에 매달려 앞뒤로 부드럽게 흔들리는 것 같은 이상한 느낌은 그대로였다. 모아나는 로토와 켈레가 마침내 커다란 조개에서 벗어났다는 환희에 젖어 갑판 위에서 괴상망측한 기쁨의 춤을 추고 있는 것을 보았다. 로토는 푸아를 잡고 코에 힘껏 뽀뽀했다. 가까이에선 코투가 헤이헤이와 축하 댄스를 추었고 모니는 그가 방금 전까지 신들의 포털 속에 있었다는 사실을 받아들이려 애쓰고 있었다.

마우이를 빼고 모두 다 모아나와 함께 있었다.

"어떻게 된 거지? 뭐지? 잠시만, 마우이는 어디 있어? 찾아야 해…." 모아나는 자신을 공중에 매단 것에서 빠져나오려고 몸부림쳤다. 천천히 몸을 돌리자… 마우이가 바로 앞에서 자신을 바라보고 있었다. 모아나는 줄곧 마우이의 갈고리에 어깨끈이 걸린 채 매달려 있었던 것이다.

"안녕, 곱슬머리." 마우이가 특유의 미소를 지으며 말했다.

"마우이!" 모아나는 행복한 목소리로 외쳤다. 마우이를 안으려 손을 뻗었지만 갈고리에 걸려 뒤로 당겨졌다. 마우이가 모아나를 바닥에 내려 주자마자, 모아나는 그를 와락 안았다. 아까는 너무 놀란 나머지 친구를 보게 되어 얼마나 기쁜지 미처 실감하지 못했다. 하지만 이젠 웃음이 멈추지 않는다. "내가 해냈어!" 모아나는 마침내 팔을 풀며 말했다.

마우이가 고개를 끄덕였다. 표정을 읽기는 어려웠다. "그래, 네가 해냈지." 마우이가 말했다.

마우이의 시큰둥한 반응은 무시하고, 모아나는 미니 마우이에게 시선을 돌렸다. "안녕, 친구." 모아나는 문신에게 말했다. "보고 싶었어." 모아나는 손을 뻗어 미니 마우이에게 하이파이브했다. 그러곤 곧장 마우이의 가슴에 하이파이브를 한 거라는 걸 깨닫고 뒤로 물러났다.

"이상하네, 이상했나?" 모아나가 말했다.

모아나와 마우이 사이로 모니가 불쑥 튀어나왔다. "오늘은 내 인생 최고의 날이야." 모니가 환호했다. 그는 모아나가 모니를 사이에 두고 마우이의 가슴에 하이파이브하는 모습이 담긴 새 시아포를 들고 있었다.

"우리 그림을 더 그렸지!"

마우이는 눈썹을 치켜올렸다. "이 녀석 마음에 드네… 전혀 소름 끼치지 않는군." 마우이가 이렇게 말하곤 모아나를 바라보았다. "잠시 얘기 좀 할 수 있을까?"

"네가 여기 있다니 믿을 수가 없어. 어디서부터 말해야 할까? 내가 사람들을 찾고 있었는데, 못 찾았어. 그런데 조상님들이 ―타우타이 바사가― 그가 신호를 보냈어. 그런데 신호가 폭발하고 조개가, 그치 막 *쩝쩝*하고는 난 *아아악* 하고…"

마우이는 정신없이 빠르게 말하는 모아나를 뚫어져라 쳐다보았다. 기쁘면서도 짜증 난 표정이었다. 모아나를 만나 기뻤지만, 일단 모아나와 이야기를 나누고 싶었다.

"어쨌든, 그리고 마탕이가, 내 말은 우와, 그런데 정말 우와, 하지만 지금은." 모아나는 횡설수설했다.

모아나는 마우이가 끼어들 틈을 주지 않았다. 그래서 마우이는 손을 뻗어 부드럽게 모아나의 입술을 잡아 입을 다물게 했다.

"미안." 모아나가 손가락 사이로 말했다. "이제 네 차례야."

마우이가 입술을 놓아 주었다. "너희 모두 다 죽게 될 거야."

모아나는 웃음을 터트렸다. 하지만 마우이의 얼굴을 본 순간 농담이 아니라는 걸 깨달았다. "뭐라고?" 모아나가 물었다.

"날로는 모투페투를 그냥 폭풍 속에 숨긴 게 아니야." 마우이가 설명했다. "절대 빠져나올 수 없는 *괴물* 같은 폭풍 속에 숨겨 뒀지. 그리고 그걸 바다 밑바닥에 가라앉혔어."

모아나가 뭔가 말하려 입을 뗐지만 마우이는 계속 말을 이어갔다.

"그러니까, 1번, 인간은 그곳에 도달할 수 없어. 그리고 2번, 내가 그 폭풍을 이기지 않는 한 너희는 고향으로 갈 수 없는데, 그건 장담 못 해. 그래서 애초에 네가 오길 바라지 않았어. 왜냐하면 너는 죽게 될 거고, 너의 선원들도 죽게 될 거고, 이번엔 저 닭도 죽게 될 거니까. 하지만, 뭐, 만나서 반가워."

가슴이 쿵 내려앉았다. 마우이가 방금 한 말을 이해해 보려 했지만 머리가 어지러웠다.

"뭐라고?"

뒤에서 들려오는 소리에 모아나는 고개를 돌렸다. 선원들이 그곳에 서서 모아나를 바라보고 있었다. 그들도 전부 들은 것이다.

바로 그때 획 하는 소리와 함께, 충격받은 선원들을 태운 카누는 만화경 같은 터널을 빠져나와 밤하늘로 날아갔다.

14장

모아나는 주위를 둘러싼 낯선 바다를 바라보았다. 눈에 띄는 지형지물은 전혀 없었다. 머리 위에는 별이 밝게 반짝였다.

"재밌는 농담이야, 마우이. 하지만 여긴 완벽하게… 좋아 보이는걸." 모아나는 마우이가 너희는 끝이라고 말한 이후 애써 웃으며 온몸 가득한 공포를 떨쳐 보려 했다. 모아나는 하늘을 훑어보았다. 그리고 마침내 자신이 찾던 모투페투로 가는 별자리를 발견했다! 별자리가 보였다!

모아나는 선원들에게 그쪽으로 항해하기만 되면 될 것 같다고 말했다. "그렇지 않아? 생각해 봐. 우리가 이걸 할 수 없다면 조상님들이 우릴 부르지도 않았을 거야…" 모아나는 자신의 말이 지금 느끼

는 기분보다 훨씬 자신감 있게 들리길 바랐다.

"잘못 걸린 전화가 아니라면 말이지." 마우이는 이렇게 말한 뒤 고개를 절레절레 저었다. "이 말은 이천 년 후에나 이해될 거야."

무슨 의미인지는 무시하기로 하고, 모아나는 계속해서 자기 자신과 선원들을 격려하려 애썼다. 모아나는 마우이에게 고개를 끄덕였다. "하늘의 불이 우리를 네게 데려다줬어." 모아나가 강조했다. "아마 우리가 함께 이 저주를 풀 수 있다는 뜻일지도 몰라. 네가 섬을 일으키면, 내가 그곳에 발을 내딛는 거지. 그렇게 저주는 영영 사라질 거야." 모아나는 마치 관중이 된 듯 그들을 응원했다. 마우이도 다시 미소를 약간 지었다. "마우이와 모아나가 다시 함께! 그렇지 바다야? 바다…?"

마우이가 고개를 저으며 말했다. "모아나, 여기선 바다도 널 도울 수가 없어."

좌절한 모아나는 하늘을 다시 올려다보았다. 그들이 시작한 임무를 끝낼 방법이 반드시 있을 것이다. 그저 신호가 필요할 뿐이다.

바로 그때, 지평선에 익숙한 푸른빛이 나타났다. 그것은 그들을 향해 곧바로 다가오는 듯했다. 모아나의 얼굴이 환해졌다. 타우타이 바사일까?

"할머니!" 모아나가 환호했다.

마우이는 모아나의 시선을 따라갔다. 눈을 크게 뜨더니 곧 고개를 저었다. 탈라 할머니가 아니었다.

111

그건 거대하고 굶주린 반짝이는 장어였다!

잠시 후, 괴물이 입을 크게 벌리고 이빨을 드러낸 채 물 밖으로 튀어나왔다. 순식간에 코투가 괴물에게 다트를 쏘았다. 괴물이 다시 수면 아래로 가라앉자 마우이는 카카모라에게 감탄의 눈빛을 보내며 고개를 끄덕였다. 그다음 돛을 당기며 나머지 선원들에게도 고개를 끄덕였다. 겨우 선원들의 이름을 외우긴 했지만 하나하나 부를 시간이 없었다.

"인간들, 자기 자리로. 함께 협력하자. 이제 시작이야!"

다들 행동에 뛰어들었다. 하지만 무엇을 해야 할지 몰라 우왕좌왕하기만 했다. 그러는 동안 더 많은 장어가 다가오고 있었다.

모아나는 마우이가 한쪽 눈썹을 치켜올리며 자신을 쳐다보자 입술을 깨물었다. "저 사람들은 항해하는 법을 몰라?" 마우이가 물었다. "네가 사람들을 모은 방법에 관해 얘기 좀 들어야겠네."

낭비할 시간이 없었다. 모아나는 노를 잡고 빛나는 장어 주위를 돌기 시작했다. "음, 우리가 조개 같은 것에 빠졌었거든." 모아나가 콕 집어 말했다. 만약 계속 항해를 했더라면 지금쯤 다들 전문가가 되어 있었을 거라고 확신했다.

마우이는 고개를 저었다. "영감, 아래로 내려가!" 마우이가 명령했다. 그는 켈레를 붙잡고 화물칸을 열었다. 말뚝망둥어 더미가 그를 올려다보았다. 그는 몸을 떨었다. "난 저 녀석들이 정말 싫어." 마우이는 이렇게 말하곤 켈레를 망둥어들과 함께 억지로 밀어 넣었다.

"이봐! 난 노인이라고!" 켈레가 항의했다.

"난 삼천 살이야! 그러니까 더 더 노인이지!" 마우이가 받아쳤다. 마우이는 켈레를 안전한 곳에 집어넣은 후 몸을 돌렸다. 때마침, 또 한 마리 장어가 물에서 튀어 올랐다. "해가 뜰 때까지만 따돌리면 돼!"

로토가 눈을 반짝이며 물었다. "야행성이에요?"

마우이는 어깨를 으쓱했다. "그렇지." 그러곤 '치 후!' 소리와 함께 박차고 나갔다.

마우이가 장어를 쫓는 동안, 모아나는 다시 별자리로 시선을 돌렸다. 장어들이 모아나와 그녀가 가야 하는 곳 사이를 가로막았다. 하지만 그것도 얼마 못 갈 것이다. "모니, 노 잡는 것 좀 도와줘!" 모아나가 소리쳤다. "로토! 돛!" 모아나는 화물칸에서 밖을 엿보는 켈레를 힐끗 보았다. "켈레! 헤이헤이와 푸아를 도와줘요." 이번에는 켈레에게 말했다.

다들 모아나의 지시를 따르는 동안, 모아나는 물속에 있는 장어 한 마리를 따돌렸다. 하지만 갑자기 카누 아래에서 다른 장어가 그들을 쿵 하고 들이받았다. 카누가 흔들리고 모니가 균형을 잃었다. 모니는 카누 밖으로 떨어졌다. ─ 바로 쩍 벌어진 장어의 입속으로!

모아나가 비명을 질렀다.

순식간에 마우이가 모니를 뒤따라 들어갔다. 잠시 후, 폭발적인 빛이 번쩍이더니 마우이가 모니를 끌고 다시 나타났다. 모니를 카누로 던져 올린 마우이는 모아나를 쏘아 보았다. 더 이상 장난칠 시간이 없다. 이젠 여기에서 벗어나야 한다.

✦ ✦ ✦

모아나는 지쳤다. 거대한 장어 무리를 뚫고 작은 산호섬으로 오느라 힘을 다 써 버렸다. 보아하니 선원들도 다를 바가 없었다. 심지어 마우이도 피곤해 보였다.

그들이 떠내려온 산호섬은 한 마리의 장어 해골 주위에 형성된 작은 섬에 불과했다. 섬 가장자리에 앙상한 나무 몇 그루가 있긴 했지만, 그것 외에는 황량하기 그지없었다. 모아나의 카누는 해안가에 난파된 채 놓여 있었다.

"우리는 이걸 해결할 거야." 모아나는 적절한 말을 찾으려 애썼다. "우리는 할 수… 우리는 해결할 수 있어, 조상님들이—."

"모아나."

자기 이름을 부르는 소리에 모아나는 고개를 돌렸다. 로토는 목재처럼 보이는 더미 옆에 서 있었는데 충격받은 것처럼 보였다. 그쪽으로 걸어간 모아나는 난파된 카누의 잔해를 내려다보았다. 옆면에는 익숙한 상징이 새겨져 있었다.

"타우타이 바사의 카누야." 모아나가 속삭였다.

마우이도 모아나의 어깨너머를 쳐다보았다. "음, 내가 말했잖아,

라고 하기엔 좋지 않은 타이밍이긴 한데, 그래서…"

모아나가 지금 듣고 싶은 말은 그런 게 아니었다. 모아나는 어떻게든 타우타이 바사가 살아남았다는 일말의 희망을 품고 있었다. 모투페투는 아니더라도, 적어도 사람들은 찾았을 거라고 말이다. 하지만 이제 진실을 알아 버렸다. 생각으로 머릿속이 복잡해진 모아나는 물가로 향했다. 손가락으로 잔잔한 바다를 쓸어 매끄러운 수면 위에 모양을 만들었다. 고개를 숙인 모아나의 눈에는 눈물이 가득 고였다.

뒤에서 마우이가 다가오는 소리가 들렸다. 마우이의 그림자가 모아나의 위로 드리웠지만, 마우이는 아무 말도 하지 않았다.

"난 아무것도 모르는 것 같아. 내가 해야 할 일을 잘 안다고 생각할 때마다 모든 것이 바뀌어. 모니는 심지어 죽을 뻔했고! 내가 부탁하지 않았다면 모니는 여기 있지도 않았을 텐데…" 모아나는 목이 메어 잠시 말을 멈췄다. "만약에 출구가 있다고 해도, 난 볼 수가 없어. 집으로 돌아가는 길이 있다고 해도, 보이지 않아. 모두에게 약속했는데. 여동생에게도. 근데 만약 내가… 내가 해낼 수 없다면."

모아나는 떨리는 숨을 깊이 들이마시며 몸을 떨었다. 그리고 천천히 마우이를 보려고 고개를 돌렸는데…

마우이는 원래 머리 대신에 상어 머리를 하고 있었다.

모아나가 눈살을 찌푸렸다. "나 진지해."

"뭐가 신경 쓰이는데? 내 머리야 아니면 몸이야?" 마우이는 대수롭잖은 표정으로 대꾸했다. "여기서 속상한 사람이 있다면, 그건 바로 나야. 언제부터 네게 여동생이 있었던 거야?

모아나가 대답하기도 전에 마우이가 다시 모습을 바꿨다. 상어 머리가 사라지고 돼지머리로 바뀌었다. "난 이거 하루 종일 할 수 있어. 내가 벌레 머리로 바뀌면 넌 아마 일주일 동안 잠도 못 잘걸."

마우이는 모아나 옆에 쪼그리고 앉아 어깨를 툭툭 쳤다. "자, 말해 봐."

"시메아야." 모아나가 말했다. "세 살이고, 네가 놀러 왔더라면 만났을 텐데." 모아나는 장난스럽게 들리길 바랐지만 말투에 뾰족함이 드러났다. 마우이는 오랫동안 떠나 있었다.

"삼 년은 내게는 찰나 같은 시간일 뿐이야, 공주님." 마우이가 놀려 댔다.

모아나는 마우이를 노려보았다. "공주가 아니라니까."

"글쎄, 많은 사람은 그렇게 생각할걸." 마우이가 어깨를 으쓱하며 말했다. 그러곤 표정을 부드럽게 풀었다. "이봐, 나는, 그래, 알겠어." 마우이는 진심을 표현하는 게 불편한 듯, 목을 가다듬었다. "자기 일을 못 하는 걸 좋아하는 사람은 아무도 없지."

"너는 대체 왜 여기 있는 거야?" 모아나가 물었다. 눈에 맺힌 눈물이 곧 떨어질 것 같았다. 모아나는 그를 바라보았다. 마음 한구석에선 마우이가 애쓰고 있다는 걸 알아챘다. 마우이는 공감에 능숙하지 않다. 그래도 자신을 위해서 노력하는 듯했다. 덕분에 아픔이 조금 덜해졌다.

마우이는 대답하기 전 잠시 머뭇댔다. "왜냐하면… 나도 바닥에 있었던 적이 있고, 그땐 내 길이 보이지 않았거든. 근데 내가 과소평가했던 누군가가 나타나서는 나를 일으켜 세워 줬지. 그래서 지금은 그 사람이 자신을 과소평가하는 걸 보고 싶지 않아." 마우이는 모아나와 눈을 마주치며 살짝 웃었다. "넌 네 길을 찾을 거야."

모아나는 거의 웃을 뻔했다. 하지만 곧 떠올려 버렸다. "섬을 떠난 후, 제대로 한 게 아무것도 없어." 모아나가 말했다.

"음, 모든 이야기에는 시작이 있지. 모든 이야기에는 중간 부분도 있고. 또 모든 사람이 그냥 빨리 끝나고 재미있는 부분으로 돌아가길 바라는 슬픈 부분도 있어." 마우이가 설명했다. "넌 지금 그 슬프고 짜증 나는 부분에 있는 거야. 하지만 출구는 있어. 이걸 통과해 버리고 싶어? 그냥… *치 후!* 하면 돼."

모아나는 참지 못하고 코웃음을 터트렸다. "와, 너 진짜 이런 거 못하는구나."

마우이는 속상한 척하다가 곧 고개를 저었다. "난 이런 거 최고로 잘해. 나도 인간이었거든. 그리고 지금은 반신이지. 다음엔 뭐가 될지 누가 알아." 마우이가 반박했다. "그리고 아마 저주를 푸는 건 네가 말한 것처럼 연속 두 번 펀치를 날리는 것일지도 몰라. 내가 바다에서 저주를 이끌어 내면, 인간이 그 해안에 도달해야 하는 거지."

"괴물 같은 폭풍을 뚫고 말이야." 모아나가 덧붙였다.

마우이가 계속해서 모아나에게 날로를 물리칠 사람이 될 수 있을지도 모르는 방법을 말하자, 모아나는 점점 친구의 말이 맞을지도 모른다는 생각이 들기 시작했다. 모아나는 테 피티의 심장을 *되찾았다.* 모아나는 강했고, 자신의 운명을 받아들였다. 모아나는 압박 속에서도 흔들리지 않았고 반신과 가장 친한 친구가 되었다. 마우이는 그녀를 알게 되어 자신이 더 나은 존재가 되었다고 말했다. 이것은 분명 중요한 의미가 있을 것이다. 모아나가 두려움을 밀어내고, 자신의 마음을 따랐던 모든 순간처럼.

이번에도 다르지 않다. 어쩌면 좀 더 무서울 수도 있겠지만, 모아나는 본인의 이야기를 쓸 수 있는 유일한 사람이다. 모아나는 멋진 이야기를 쓰고 싶었다. 모투페투를 찾고, 바다의 사람들을 다시 연결하는 것으로 끝나는 이야기를 말이다. 마우이와 그리고 선원들과 함께.

모아나는 마우이에게 고맙다는 눈빛을 보냈다. 마우이가 힘을 불어넣는 연설을 좋아하진 않을지 몰라도, 정말 잘하긴 했다.

모아나는 자신의 운명을 따를 것이다.

어떤 식으로든.

15장

위험이 눈앞에 닥쳐왔다. 하지만 모아나는 준비가 되었다. 마우이가 곁에 있고, 선원들도 지금까지 겪어 온 일에도 불구하고 자신과 함께하길 바랐다.

다시 돌아오며, 모아나는 선원들에게 살짝 미소를 보였다. 그들은 불안해 보였다. 하지만 모아나는 그들을 탓하지 않았다.

"좋아, 들어봐." 모아나가 말을 시작했다. "내가 너무 많은 걸 요구했다는 거 알아…. 우리 카누도 정말 엉망진창이 됐고. 하지만 함께라면, 우리가―"

로토, 켈레, 모니가 옆으로 물러났고 모아나는 말을 멈췄다.

그들 뒤에 카누가 있었다 ―. 수리가 다 된 채로!

"우리가 고칠 방법을 찾았어." 로토가 자랑스럽게 말했다. "조상님들의 도움을 약간 받긴 했지만."

자세히 살펴보니 그들이 타우타이 바사의 카누에서 재료를 가져다가 카누를 수리했다는 것을 알 수 있었다. 심지어 타우타이 바사의 상징도 가져와서 옆면에 붙여 놓았다.

"장식은 내가 했지." 켈레가 덧붙이며 카누 옆에 그려진 다른 상징을 고갯짓으로 가리키며 이렇게 덧붙였다. "닭을 사용했거든."

바로 그 순간 헤이헤이가 꼬꼬댁거리며 옆을 지나갔다. 아니나 다를까, 머리가 물감으로 뒤덮여 있어서 평소보다도 훨씬 더 지저분해 보였다.

마우이가 웃음을 터트리며 말했다. "이제 이 녀석이 마음에 드네."

모아나는 심호흡을 했다. 이제 농담할 시간은 끝났다. "모투페투를 찾으려면 폭풍의 한가운데로 곧장 항해해야 해." 그렇게 말한 모아나는 바다를 보며 눈을 깜박였다. "마우이가 섬을 들어 올리면, 우리가 그 위로 올라설 거야. 이건 우리가 전에 겪었던 어떤 일보다 더 힘들 거야. 마우이에게도. 누구든 여기에 남고 싶다면…"

아무도 움직이지 않았다.

그때 모니가 앞으로 나섰다. "나는 평생 우리 민족의 위대한 이야기를 배우며 자랐어. 내가 그 일부가 될 거라곤 생각도 못 했지. 우린 함께할 거야, 모아나. 끝까지."

코투도 모아나의 노를 들고 앞으로 걸어 나왔다. 그리고 노를 모아나에게 내밀며 자신도 함께할 것이라는 분명한 무언의 메시지를

보냈다. 모아나가 노를 받자 코투는 모아나에게 카카모라 전사의 경례를 했다.

로토도 고개를 끄덕였다. "게다가 여기 남아 있었다간 밤이 되면 거대한 장어 무리가 우릴 잡아먹을 거야."

✴ ✴ ✴

태양이 수평선 아래로 저물어 갈 무렵, 모아나와 마우이 그리고 선원들은 산호섬을 출발해 별자리로 향했다. 카누 아래의 물결은 점점 더 거칠어지고 있었다. 선원들 사이에는 긴장감이 감돌았다. 대부분은 그랬다.

마우이는 파도의 흔들림에도 아랑곳하지 않고 이상해 보이는 운동을 하고 있었다. "바다에서 섬을 끌어 올려 본 지 꽤 됐거든." 마우이는 스쾃을 하며 그렇게 말했다. 마우이의 가슴팍에는 미니 마우이가 그의 다리에 손을 얹고 자세를 취했다. "나도 무릎을 구부려야 한다는 거 알고 있어. 내 자세는 완벽하다고." 미니 마우이가 인정하지 않는 듯하자 마우이는 그를 겨드랑이 사이로 바로 튕겨 버렸다.

모아나는 푸아와 헤이헤이가 화물칸에 안전하게 있는지 다시 한번 확인했다. 모아나가 몸을 숙이자 푸아가 그녀의 목걸이를 쿡쿡 찔렀다. "우리는 집으로 돌아갈 거야." 모아나는 이렇게 말하며 여동생에게 했던 약속이 떠올라 목이 메어 왔다.

"모아나?"

켈레의 목소리에 돌아본 모아나는 그가 바로 코앞에 서 있는 것을 보고 깜짝 놀랐다. 켈레의 손에는 마지막 남은 화분이 들려 있었다. 지금까지의 여정에서 어떻게든 살아남은 화분이었다.

"켈레?" 모아나는 아리송한 표정으로 물었다. "괜찮아요?"

켈레는 식물을 내려다보았다. 작은 열매 하나가 맺혀 있었다. 그는 화분을 들어 올렸다. "이 녀석이 오늘 열매를 맺기로 결정했나 봐. 이 안에 그런 힘이 있을 거라고는 생각하지 못했는데 말이야. 근데 해냈어."

모아나는 감동받았다. 그녀는 손을 뻗어 켈레의 어깨를 토닥였다. 어디선가 갑자기 모니도 나타나 똑같이 따라했다.

켈레는 감격이 다 사라진 듯 얼굴을 찌푸리며 쏘아붙였다. "넌 됐어."

모아나가 웃음을 터트리기도 전에 마우이의 목소리가 카누를 가로질러 울려 퍼졌다. "곱슬이." 마우이가 말했다. 경고할 때면 마우이의 깊은 목소리는 더 낮아진다.

모아나는 몸을 똑바로 세우고 공기의 미묘한 변화를 감지했다. 그녀는 카누 뱃머리에 있는 마우이 곁으로 갔다. 하늘은 파랗고 구름한 점 없었다. 하지만 뭔가 다가오고 있다. 모아나는 느낄 수 있었다.

그러자 갑자기, 거대한 폭풍이 나타났다. 폭풍은 별자리를 가리고 수평선 위로 괴물처럼 솟구쳤다.

"그저 폭풍일 뿐이야. 좀 크긴 하지만." 모아나는 최대한 낙관적으로 말하려 애쓰며 말했다. "전에도 겪어 본 적 있는…"

폭풍이 문어발 같은 물기둥을 형성하며 점점 커져 가자, 모아나의 목소리가 점점 작아졌다. 폭풍 속에서는 번개가 이상한 패턴을 이루며 번쩍여 댔다.

"음, 이제 용암 괴물이 보고 싶어질 지경이네." 마우이는 모아나 옆에서 문어발 물기둥이 바다를 내리치며 그들이 있는 방향 쪽으로 파도를 보내는 모습을 보면서 이렇게 말했다.

모아나는 폭풍을 등진 채, 선원들에게 합류하라고 손짓했다.

"모두 함께, 마우이, 길을 내 줘. 우리가 바로 뒤따라갈게."

마우이가 고개를 끄덕였다. 그다음 로토를 힐끗 쳐다보았다.

"너, 똑똑이, 지금이야말로 해시계를 확인해야 할 때라고."

로토는 어리둥절해 보였다. "왜? 지금이 몇 시인데?"

마우이는 싱긋 웃었다. 바로 그가 듣고 싶었던 말이었다.

"지금은…"

"마우이 시간!" 모니가 갑자기 끼어들어 마우이의 우렁찬 말을 끊어 버렸다.

마우이가 쏘아보자 모니는 침을 꿀꺽 삼켰다. 반신의 대사를 가로채는 건 좋은 생각이 아니었을지도 모른다. 다행히도 지금 마우이에게는 인간에게 교훈을 가르칠 시간이 없었다.

"섬을 들어 올려 저주를 풀어 버리자!" 마우이는 이렇게 소리치며 카누 앞쪽으로 달려갔다. 그는 갑판 끝에 도착하기 직전, 큰 소리로 *치 후!*를 외치곤 매로 변신했다.

거대한 날개를 힘차게 한 번 퍼덕인 마우이는 하늘로 날아올라 섬으로 향했다.

카누 옆으로 파도가 덮쳐 오자 다들 분주했다. 하지만 선원
들은 꿋꿋이 버티고 있었다. 마우이가 섬을 끌어 올릴 것
이다. 그리고 그들이 날로를 물리칠 것이다. 카누가 발아래에서 격
렬하게 흔들리는 순간에도, 모아나는 스스로에게 집으로 돌아갈 것
이라고 계속해서 되뇌었다.

선원들은 카누 주위를 돌며 계속 전진하기 위해 할 수 있는 모든
일을 하고 있었다. 모아나는 잠시나마 작은 희망의 빛을 느꼈다.

그리고 앞을 바라본 그 순간.

거대한 바다 벽이 그들을 향해 다가오고 있었다!

벽은 수평선을 가리며 점점 더 가까이 다가왔다. 모아나는 달려
가 모니와 함께 노를 잡았다. 로토와 켈레는 뭔가 붙잡고 있을 만한

125

것을 찾았다. 그 후, 어떤 일이 벌어질 지 알지 못한 채, 그들은 기다렸다. 모아나와 모니는 온 힘을 다해 카누를 똑바로 유지하려 애썼다. 카누는 물의 벽을 타고 점점 더 위로 올라갔다. 잠깐 카누는 꼭대기에서 위태롭게 맴돌았다. 그리고… 아래로 곤두박질쳤다.

불행히도 아직 위험에서 벗어나지 못했다. 문어발 물기둥이 다가오고 있었다. 들려오는 고함에 모아나는 고개를 들었다. 마우이가 보였다. 그가 돌아온 것이다! 매의 눈으로 문어발 물기둥을 주시하던 마우이는 문어발이 공격하려 움직이기 직전, 모니에게 외쳤다. "이봐 덩치! 노를 저어!"

모니에게 두 번 말할 필요는 없었다. 모아나도 힘을 합쳐 둘은 물기둥을 피해 방향을 틀었다. 잠시 후 마우이가 갈고리로 문어발 물기둥을 베어 파괴해 버렸다.

"마우이, 계속해!" 더 많은 문어발 물기둥이 나타나자 모아나가 소리쳤다. 물기둥 몇몇은 서로 합쳐지며 토네이도처럼 휘몰아치는 덩굴 모양이 되었다. 다시 한번, 모아나와 모니는 카누를 몰아 경로에서 벗어났다. 토네이도도 빗나갔다!

"좋았어!" 모니가 외쳤다. "날로! 우리는 섬을 들어 올릴 거야."

이에 답하기라도 하듯, 폭풍이 분노에 차 으르렁거렸다.

하지만 마우이는 감명받았다. 다시 변신한 다음, 모니와 주먹을 맞부딪혔다. "친구, 네가 그런 말을 하다니." 마우이의 말에 모니는 거의 기절할 뻔했다. 그에게 반신은 절대적인 영웅이었다. 그리고 지금까지 마우이는 그에게 거의 관심을 기울이지 않는 듯했었다. 만약 날로의 문어발 물기둥이 그들을 죽이려 드는 위험만 없었다면, 모니는 지금 이 순간을 시아포에 영원히 새겼을 것이다.

하지만 지금은 그럴 때가 아니었다. 마우이가 파괴한 폭풍 문어발이 되살아나는 것처럼 보였다. 만약 마우이가 계속 그들을 보호해야 한다면, 마우이는 결코 섬을 들어 올릴 수 없을 것이다. 단….

"잠시만! 섬을 어떻게 들어 올릴 수 있을지 알겠어." 그들이 해야 할 일을 깨달은 모아나가 소리쳤다. 모아나는 마우이를 바라보았다. "폭풍이 신경 쓰는 건 네가 아니야."

마우이는 약간 불쾌해 보였다. "난 마우이라고, 당연히 날 신경 쓰지."

모아나는 고개를 저었다. 그런 뜻이 아니었다. "날로의 저주는 인간을 분리하는 거야." 모아나가 설명했다. "폭풍이 막고 싶은 건 우리야. 만약 우리가 주의를 돌린다면 네가 중심으로 가서 섬을 들어 올릴 수 있어."

마우이는 고개를 갸우뚱했다. 그가 생각했던 것과 다른 대답이었다. 마우이는 하늘을 바라보았다. 그리고 다시 폭풍의 중심을 처다보았다. 그다음 모아나를 바라보았다.

"될 것 같아." 모아나가 고집했다.

카누는 잠시 조용해졌다.

"그러니까 우리가 미끼가 되는 거네." 모니가 마침내 입을 열었다.

"신의 괴물 폭풍의?"

모아나는 마우이와 시선을 마주쳤다. "네가 우리를 계속 구하러 오면, 절대로 섬은 들어 올릴 수 없어. 그러니 우리가 해내야 해."

마치 신호라도 된 듯, 거대한 천둥소리가 파도 위로 울려 퍼졌다. 날로의 기분이 좋지 않다. 하지만 모아나의 요점은 전달되었다. 신은 *모아나가* 마뜩잖은 것이다.

"최대한 빨리 가." 마우이가 말했다. 마우이는 카누 앞쪽으로 향하다 멈추더니 돌아보았다. 모아나는 그의 표정에 감정이 가득한 것을 보았다. "내가 널 보러 가지 않았던 건." 마우이는 산호섬에서 모아나가 했던 질문에 답하기 시작했다. "네가 날 더 나은 존재가 되고 싶게 만들었기 때문이야. 넌 바다 전체를 누릴 자격이 있어… 네가 그 자격을 가지길 바랐어. 조심해야 해. 내가 수백만 개의 섬을 끌어 올린들, 네가 그곳에 발을 디디지 않는다면 무슨 의미가 있겠어?"

모아나는 쏟아져 나오려는 감정을 애써 삼켰다. 억지로 감정을 눌러 담았다. "나중에 봐, 마우이." 모아나는 마우이가 그 말에 '고마워'라는 뜻이 담겨 있다는 걸 알아 주길 바랐다.

마우이가 미소 지었다. "나중에 보자, 모아나." 그러곤 선원들을 향해 돌아선 다음 준비 태세를 갖췄다. 이제 출발할 시간이다.

"엄청난 이야기가 될 거야." 마우이는 그렇게 말하더니 힘을 잔뜩 모으고는 변신했다…. 근데 작은 물고기?

선원들이 일제히 마우이를 쳐다보았다. 예상치 못한 일이었다.

"심각하기는." 마우이가 말했다. 그냥 장난을 친 것이었다. "섬에서 보자고!" 다시 한번 *치 후!* 소리가 들리더니 그는 매로 변해 폭풍 속으로 날아갔다.

✳ ✳ ✳

마우이는 요리조리 번개를 피하며 폭풍의 중심으로 날아갔다. 모아나와 선원들을 두고 떠나고 싶진 않았지만, 모아나의 말이 옳다는 것을 알았다. 인간들이 폭풍의 주의를 분산시키는 동안 마우이는 자신의 일을 해야 한다. 거기다 그는 모아나가 해낼 수 있다는 것을 알고 있다. 모아나를 믿었다.

폭풍의 눈에 도달하는 데는 오래 걸리지 않았다. 안쪽은 섬뜩할 정도로 고요했다. 하늘을 가리는 구름도 없었고, 번쩍이는 번개도 없었다. 그리고 그곳, 괴물 같은 폭풍의 중심 바로 위에는 모아나와 선원들을 인도했던 별자리가 떠 있었다.

물속으로 잠수하면서 마우이는 매에서 상어로 변신했다. 매끄럽게 물살을 가르며 헤엄치기 시작해 점점 더 깊은 곳으로 들어갔다. 그의 머릿속은 모아나에 관한 생각으로 가득했다. 위에서 모아나가 어떻게 하고 있을지 궁금했다. 물의 무게가 점점 더 무겁게 느껴질수록 모아나를 실망시킬 수는 없다는 생각이 그를 앞으로 나아가

게 했다.

바로 그때, 어둠 속에서 한 형체가 모습을 드러냈다. 처음에는 희미했지만 점점 더 다가갈수록 선명하게 보였다. 모투페투였다! 그가 찾아낸 것이다!

마우이는 재빨리 갈고리를 섬에 고정하고 갈고리에 밧줄을 묶었다. 그는 곧장 수면을 향해 헤엄쳐 올라간 다음, 매로 변해 온 힘을 다해 날아올랐다.

이어, 발톱으로 밧줄을 꽉 붙잡아 당기기 시작했다.

하지만 섬은 꿈쩍도 하지 않았다. 그의 몸에서 문신이 빛나고, 마우이는 신들의 힘을 온몸에 가득 채운 채 계속 당겼다. 밧줄이 팽팽해졌지만 섬은 움직이지 않았다. 그래도 그는 계속해서 당겼다. 마우이가 젖 먹던 힘까지 다 짜낼수록 마우이의 문신이 밝게, 점점 더 밝게 빛났다….

바로 그때, 섬이 움직였다.

아주 조금이었다. 하지만 날로의 주의를 끌기엔 충분했다. 폭풍이 천둥 같은 비명을 내지르며 마우이를 향해 돌진했다.

17장

모아나는 카누에서 마우이가 밧줄을 잡아당기는 것을 지켜보았다. 그는 반신이 얼마나 힘겹게 섬을 끌어 올리는지 볼 수 있었다. 마우이가 해내고 있다! 그가 실제로 모투페투를 들어 올리고 있었다!

쾅!

폭풍 속에서, 거대한 푸른 번개가 마우이를 내리쳤다. 가까스로 피했지만, 번개는 마우이에게 상처를 남겼다. 모아나는 마우이가 얼굴을 찡그리는 걸 보았다. 그는 계속해서 당겼다.

모아나도 뭔가 해야만 했다. 아무리 날로가 번개를 날리더라도 마우이가 멈추지 않으리라는 걸 알고 있었다. 하지만 직접 맞는다면? 아무리 반신이라도 살아남지 못할 것이다.

모아나는 허리띠에서 소라고둥을 꺼내 불기 시작했다. 그 소리에 폭풍이 다시 모아나에게로 주의를 돌렸다. 폭풍은 다음에 누굴 — 마우이인지 아니면 모아나인지 — 공격할지 혼란스러운 듯 보였다. 포효 소리와 함께, 번개는 모아나를 향해 날아왔다. 하지만 빗나갔다. 아슬아슬하게.

"내가 할 수 있어!" 폭풍의 소리를 뚫고 마우이의 외침이 들려왔다. "뒤로 물러나!"

본능을 거스르는 일이긴 했지만, 모아나는 그의 말을 들어야 한다는 걸 깨달았다.

마우이의 진전에 분노한 폭풍은 지금까지 본 것 중 가장 큰 번개를 내뿜었다. 번개는 마우이를 강타했다. 직격탄이었다. 전기가 마우이의 몸을 감싸자 그의 온몸이 끔찍하게 경련을 일으켰다. 모아나와 선원들은 카누 위에서 공포에 질린 채 그가 이겨내려 애쓰는 모습을 지켜보았다. 마우이는 여전히 자신과 섬을 연결하는 밧줄을 움켜쥐고 있었다. 하지만 더는 버틸 수 없을 것 같았다.

번개가 다시 한번 더 그를 강타했다. 모아나는 울음을 터트렸다. 모아나는 마우이와 눈이 마주쳤다. 그는 입술을 뒤틀며 슬픈 미소를 지어 보였다. 다른 모든 것은 희미해졌다. 둘만 이 순간에 갇힌 듯했다. 그리고 모아나는 아무 말 없이도 알 수 있었다. 마우이가 작별 인사를 하고 있다는 것을.

"마우이…" 모아나는 작은 목소리로 말했다. 얼굴에는 눈물이 흘러내렸다.

"너의 길을 찾으렴, 꼬마야." 파도 너머로 그의 목소리가 들렸다.

그리고 마우이는 다시 당기기 시작했다. 그는 마지막 남은 힘을 모두 쏟아부어 섬을 들어 올렸다. 이제 막 섬이 수면 위로 올라오려 했다. 모아나는 요동치는 파도 아래에서 섬의 그림자를 어렴풋이 볼 수 있었다. 조금만 더 높이 들어 올린다면….

날로는 그렇게 되도록 내버려 두지 않았다. 번개가 더욱 강한 에너지를 뿜어내며 마우이의 온몸을 괴롭혔다. 그 힘이 너무 강력해서 몸에서 문신이 벗겨져 나갈 정도였다. 모아나는 숨을 쉴 수가 없었다. 모니는 비명을 질렀고 로토와 켈레는 울부짖었다. 이는 오직 신들만이 내릴 수 있는 형벌이었다. 어쩌면 그 어떤 것보다도 끔찍한 벌이었다.

미니 마우이가 불에 타 없어지자, 마우이는 마침내 고통스러운 비명을 질렀다. 강렬한 폭발음과 함께 그는 하늘로 날아올랐다. 마치 영원히 올라가는 듯 끝없이 올라가다 잠시 공중에 매달린 듯 멈췄다.

그리곤 떨어지기 시작했다. 모아나는 이를 보며 가슴이 찢어지는 듯 아팠다.

"마우이!" 모아나가 감정에 북받친 고통스러운 새된 소리로 비명을 질러댔다.

하지만 모아나의 외침은 폭풍에 잠겼다. 마우이가 사라지자 폭풍은 그들을 향해 돌진했고, 어둠이 그들을 덮쳤다.

✹ ✹ ✹

어둠이 모아나를 집어삼켰다. 천둥소리가 둔탁해지고, 카누가 보이지 않는 물 위에서 흔들리는 것이 느껴졌다. 겁에 질린 채 모아나의 이름을 부르는 로토, 모니, 켈레의 목소리가 안개 속을 떠돌았다.

모아나는 발을 헛디디며 비틀거렸다. 목걸이가 열리면서 조개가—시메아의 조개—가 떨어지는 것을 느끼자 모아나는 숨을 헉 들이켰다. 모아나는 주변의 위험은 아랑곳하지 않고 필사적으로 조개를 찾았다. 이 조개껍데기를 잃을 순 없었다. 이미 너무 많은 것을 잃어버렸다.

갑자기 손가락 끝에 조개껍데기의 거친 가장자리가 느껴졌다. 모아나는 손으로 조개껍데기를 감싸며 안도의 한숨을 쉬었다. 그녀는 조개를 목걸이에 안전히 넣고서 일어섰다.

모아나는 자신의 약속을 끝까지 지켜 나갈 것이다.

카누에 선 모아나는 마우이를 생각했다. 그는 자신을 위해 너무 많이 희생했다. 이번에는 가족을 생각해 보았다. 가족은 그녀를 믿고 있다. 마을 사람들도 그녀를 믿고 있다. 심지어 조상들도 모아나에게서 무언가를 보았다.

모아나는 길잡이고, 타우타이다. 모아나는 눈을 감고 폭풍을 시야에서 사라지게 했다. 그다음 자신의 내면 깊은 곳을 들여다보며 해결책을 찾아보았다. 마탕이의 조언이 마음 한구석에서 부드럽게 울려 퍼졌다. *진정한 길잡이는 자신이 어디로 가는지 모른다. 그것이 바로 핵심이다. 한 번도 발견된 적이 없는 곳으로 가는 나만의 길을 찾는 것.* 모아나는 마음의 눈으로 터널을 보았다. 그리고 두려워서 가기 주저했던 어두운 갈림길도 보았다.

그리고 두 눈을 번쩍 떴다. 자신이 무엇을 해야 할지 깨달았다.

"마우이가 저주를 풀기 위해 섬을 들어 올리지 않아도 돼. 다른 방법이 있어." 모아나는 이렇게 말했다. 생각이 확고해지자 점점 더 목소리가 커졌다. "다른 방법이 있다고! 내가 저 너머로 가는 거야!"

모아나는 숨을 깊이 들이쉰 후, 소용돌이치는 어둠 속으로 뛰어들었다.

선원들이 그녀의 이름을 불러댔다. 걱정이 가득한 목소리였다. 하지만 그들도 모아나를 멈출 순 없었다. 지금은 안 된다. 벌써 이렇게 가까이 왔는데.

뛰어들자마자 모아나는 차가운 물에 휩싸였다. 머리 위 어디선가 폭풍의 비명이 들렸다. 날로의 비명이다. 번개가 번쩍이며 하늘을 밝히고 물속에 침투했다. 모아나는 선원들이 괜찮기를 그리고 마우이도 어떻게든 살아남았기를 바랐다.

숨이 차고 팔다리가 계속 물속으로 잠기는 듯했지만 계속해서 헤엄쳤다. 섬까지 가서 닿기만 하면 된다.

번개가 또다시 물속을 비추자, 수백 야드 아래 모투페투가 모습을 드러냈다! 섬은 천천히 다시 바다 밑바닥으로 가라앉고 있었다. 날로가 또 한 번 그녀를 향해 분노에 찬 번개를 날렸고 주변의 물이 진동했다. 번개는 모아나를 비껴갔지만, 위험할 정도로 가까웠다는 걸 알 수 있었다.

강하게 밀어붙이며 모아나는 더 힘차게 헤엄쳤다. 폐에서는 공기를 갈구했지만 모아나는 섬까지 갔다. 목걸이에서 시메아의 조개껍데기를 꺼내 섬의 부드러운 흙에 심었다.

아주 짧은 순간, 모아나의 손가락이 땅에 스쳤다.

바로 그 순간, 번개가 모아나를 강타했다.

모아나의 세상이 암흑으로 변해 버렸다.

18장

마우이는 자신이 모아나의 카누 위로 돌아왔다는 것을 깨달았다. 날로와의 조우에서 겨우 살아남았다. 그가 바다에 추락한 후, 모니가 마우이를 발견했고 선원들이 그를 구조해 배에 태웠다.

그들의 얼굴을 보자 마우이는 알 수 있었다. 모아나가 직접 모투페투로 향했다는 것을. 힘이 거의 다 빠졌지만 문신들은 천천히 돌아오고 있었다. 갈고리가 사라졌지만 개의치 않았다.

마우이는 모아나를 쫓아 물속으로 뛰어들었다.

마우이는 남은 힘을 모두 끌어모아 할 수 있는 한 빨리 헤엄쳤다. 그의 아래쪽에서 섬으로 다가가는 모아나의 모습을 겨우 알아볼 수 있었다.

번개가 물을 가로질러 번쩍일 때, 마우이는 번개의 힘이 모아나를 맹공격하는 모습을 무력하게 지켜볼 수밖에 없었다.

번개가 멈췄을 때 모아나는 움직이지 않았다.

마우이는 목이 메인 채 울며 모아나를 향해 헤엄쳤다. 섬에서 충격파가 폭발하자, 마우이는 그대로 뒤로 소용돌이치며 밀려났다. 하지만 다시 그것을 뚫고 나아갔다. 어떤 것도 모아나에게 가는 마우이를 막을 수는 없었다.

축 늘어진 모아나의 몸을 두 손으로 잡은 다음, 마우이는 모아나를 품에 안았다. 그때 마우이의 발이 모투페투에 잠겼다. 마우이는 모아나를 내려다보았다. 이야기가 이렇게 끝나면 안 된다. 시메아의 조개를 발견한 마우이는 모아나를 그 옆에 눕혔다. 그리고 그 옆에 무릎을 꿇고 자신의 가슴에 손을 얹었다. 그의 손은 지난 모험 이후 생겨난 모아나의 문신 위에 놓여 있었다. 지난 삼 년 동안 인간이 얼마나 강해질 수 있는지 그에게 끊임없이 상기시켜 준 문신이었다.

그가 슬퍼하는 동안 바다—모아나의 바다!—가 주위에 소용돌이치기 시작해 마우이와 모아나 위로 보호막 같은 지붕을 만들었다.

모아나 외에는 아무것도 신경 쓰지 않은 채, 마우이는 눈물이 가득 고인 눈으로 모아나를 내려다보았다. 그는 고개를 숙이고 신과 조상들에게 부드러운 목소리로 기도를 올리기 시작했다. 그의 기도가 들릴지는 모르지만, 시도라도 해 봐야 했다.

놀랍게도 타우타이 바사도 합류했다. 거대한 고래상어가 빛나면서 그 몸에 있는 문신들이 어두운 물속에서 밝게 빛났다. 그리고 그들의 목소리가 파도를 통해 퍼져 나가며 점점 더 많은 영혼이 나타났다. 처음에는 몇 명이었다가 이내 수십 명이 되었다. 조상님들의 영혼이 그의 부름에 응답한 것이다. 이들은 모아나와 마우이를 둘러싸고 원을 만들었다.

그리고 그곳, 모투페투의 땅에서 모아나가 숨을 헉 들이쉬었다.

마우이는 싱긋 웃었다. 모아나는 괜찮았다.

하지만 이제 다시는 예전 같지 않을 것이다.

✹ ✹ ✹

모아나의 두 눈이 파르르 떨리다 떠졌다.

무슨 일이 있었던 걸까? 마지막으로 기억나는 건 시메아의 조개를 섬에 놓으려고 손을 뻗은 것이었다. 그다음엔, 갑자기 엄청나게 고통스러웠고, 그다음엔… 아무것도 기억나지 않는다.

모아나는 일어나 앉아 마우이를 보았다. 그러자 그 뒤로 거대한 원을 이루며 그들을 둘러싼 수많은 조상의 영혼이 보였다. 타우타이 바사도 그속에 있었다. 그리고 더 먼 곳을 살펴보았다. 탈라 할머니도 계셨다!

바다가 반짝였다. 모아나의 노가 손으로 떠밀려 왔다. 이제 노는 신들의 문양으로 빛나고 있었다. 마우이의 갈고리와 비슷했지만, 달랐다.

바다의 이 선물은 모아나에게 가슴 깊이 와 닿았다. 이는 사람과 바다, 과거와 미래 사이를 이어 주는 다리이기 때문이다.

모아나는 노를 꽉 잡았다. 그러자 입가에 미소가 번지기 시작했다.

고개를 돌리자 마우이와 눈이 마주쳤다. 그는 충격과 경외감이 가득한 눈빛으로 모아나를 쳐다보고 있었다. 미니 마우이는 행복의 눈물을 흘리고 있었다. 그들이 모아나에게 무슨 일이 일어난 것인지 설명할 필요는 없었다. 모아나는 마우이 덕에 여기 있다는 것을 알았다. 그리고 이제 그는 그들이 시작한 일을 마무리할 때까지 그녀의 곁에 있을 것이다.

모아나는 눈썹을 치켜올리며 어깨너머로 고개를 끄덕였다. 이제 둘이 함께 섬을 끌어올릴 시간이다.

마우이는 주저하지 않았다. 그는 수면 위로 솟구쳐 오른 다음 매로 변신해 공중으로 날아올랐다. 태양이 바다 위를 비치고 있었고, 파란 하늘은 구름 한 점 없이 맑았다. 다시 한번 그는 발톱으로 밧줄을 움켜쥐고 당기기 시작했다.

그의 아래에서 모투페투가 솟아오르기 시작하며 바다가 요동치기 시작했다. 거대한 물보라와 함께 섬이 솟아올랐고, 모아나가 그 위에 서 있었다.

모아나는 눈앞에 펼쳐진 바다를 바라보았다. 그리고 카누와 선원들을 발견했다. 잔잔한 물 위에 안전하게 떠 있는 카누의 선원들은 다들 입을 떡 벌린 채 서 있었다. 그리고 근처에서 맴도는 마우이를 보니 미지의 땅에서도 익숙한 편안함이 느껴졌다.

모아나는 깊이 숨을 들이쉰 후, 소라고둥을 입에 대고 불기 시작했다. 그 소리는 파도를 가로질러 폭발하듯 퍼져 나갔다. 소리가 물에 닿자, 모투페투가 가라앉은 이후 닫혀 있던 바닷길이 열렸다. 이제 날로의 저주로 멀리 떨어져 있어야 했던 사람들이 다시 하나가될 것이다.

날갯짓 소리에 마우이가 왔다는 걸 알 수 있었다. 마우이는 모아나 옆에 착륙하며 매에서 반신으로 변신했다. 그는 뿌듯한 눈으로 모아나를 바라보며 미소 지었다.

해변에서 소란스러운 소리가 들리자, 모아나는 기대감에 가득 찬 선원을 태운 카누가 도착하는 것을 보기 위해 아래를 내려다보았다. 선원들은 카누가 완전히 멈추기도 전에 모아나를 향해 달려왔다. 모아나도 인생에서 가장 크고 멋진 포옹을 위해 달리기 시작했다. 모아나는 바로 이 순간까지 그들이 자신에게 얼마나 소중한지 깨닫지 못했다. 그건 마우이가 모아나를 구했듯, 그들도 모아나를 구했다는 것이다.

"잠깐만—? 나도 좀 들어갈게—." 무리 옆에 착륙한 마우이는 꼭 안고 있는 사람들 속으로 비집고 들어가려 애썼다. 하지만 누구도 팔을 풀지 않았다. 결국 마우이는 도마뱀으로 변신해 무리 안으로 쏙 들어간 다음 다시 반신으로 변했다.

그 순간, 거대한 파도가 그들 위로 쏟아지며 포옹이 멈췄다.

모아나는 몸을 빼내며 바다가 익숙한 파도를 만드는 것을 쳐다보았다. "바다야!" 모아나가 행복하게 외쳤다. "보고 싶었어!"

마우이는 어깨를 으쓱했다. "난 반반이야." 그러자 바다는 마우이의 얼굴에 물보라를 뿌렸다.

다들 웃는 와중에 모아나는 모인 사람들을 잠시 바라보았다. 그들은 모아나를 믿어 주었다. 그리고 함께 모투페투를 들어 올렸다.

이들이 바다를 연 것이다.

14장

태양은 수평선을 향해 저물어 가고, 모아나와 마우이 그리
고 선원들은 모투페투의 암벽 앞에 서 있었다. 표면은 세
월에 닳았고, 오랜 시간 바다에 잠겼던 탓에 해조류와 산호가 여전
히 옆에 붙어 있었다. 하지만 옆면에는 모투페투의 그림이 선명하게
새겨져 있었다. 섬은 문어의 머리로 묘사되어 있고, 문어의 긴 여덟
개 다리가 바다의 수로를 상징했다.

"이제 물길이 열렸으니, 사람들이 다시 돌아올 것 같아?" 모니가
물었다.

모아나 역시 같은 질문을 곰곰이 생각하고 있었다. 확신할 순 없
었지만 모아나는 다른 방법을 생각해 냈다. "아니면, 우리가 그들을
찾아갈 수도 있겠지…."

선원들 각자가 이에 관해 생각했다. 잠시 모두가 이것이 무엇을 의미하는지를 곱씹으며 조용히 있었다.

하지만 마우이가 침묵을 깼다. 푸아 옆에 쪼그리고 앉아 돼지를 똑바로 바라보던 마우이는 이렇게 말했다. "섬을 들어 올리고 나니 배가 너무 고프네, 무슨 말인지 알지?"

모아나가 재빨리 달려와 푸아를 안아 들었다. 마우이에게 야단치는 듯한 표정을 지으며 푸아는 음식이 아니라 친구라고 ― 한 번 더 ― 말하려는 찰나, 멀리서 소라고둥 소리가 분명히 울려 퍼졌다!

다들 모아나를 쳐다보았다. 모아나는 얼어붙었다. 모아나가 낸 소리가 아니었다. 헤이헤이를 힐끗 보니 아무것도 모른 채 마우이의 코를 쪼아대고 있었다. 그럼 분명히 헤이헤이도 아니다. 모아나도 아니다….

다시 소리가 들렸다. 모아나는 달려가 벽에 난 구멍 사이로 살펴보았다. 그녀는 수평선을 살피다 숨을 헉 들이쉬었다. 저 멀리, 희미하지만 점점 더 선명해지는 카누의 실루엣이 보였다.

"사람?" 모아나가 소리쳤다. "사람들이야!"

선원들을 뒤로한 채 모아나는 해변으로 달려갔다. 모아나가 모래사장에서 미끄러지듯 멈춰 섰다. 때마침 카누도 도착했다. 잠깐 양쪽 선원들은 서로의 존재에 놀라 그저 바라보기만 했다. 그러다 새로운 선원들의 길잡이가 카누에서 뛰어내리더니 흥분한 모습으로 모아나를 향해 신나게 달려왔다.

모아나와 새로운 길잡이가 만나는 순간, 또 다른 소라고둥 소리가 바다 위로 울려 퍼졌다. 그리고 또! 사람들이 사방에서 도착했다! 이는 모아나가 기대했던 것 이상이었다.

그들이 여기 있다. 사람들이 이곳에 있다! 그리고 이제 다시는 헤어지지 않을 것이다.

기쁨의 환호성이 가득했고, 모아나는 환하게 미소 지었다. 그들이 모투페투를 들어 올렸다. 그녀가 약속했던 대로. 하지만 이제 지켜야 할 약속이 하나 더 남아 있었다⋯.

✸ ✸ ✸

모투누이의 해변은 햇살에 반짝이는 평화로운 곳이다. 마을에서 사람들은 저 멀리 바다에서 무슨 일이 일어나고 있는지 전혀 모른 채 하루하루를 보내고 있었다.

갑자기 모래가 폭발하듯 튀었다. 모래가 걷히고 난 자리에는 마우이가 서 있었다. 그는 몸을 털어 내며 주위를 둘러보았다. 해변에 있던 마을 사람들은 갑작스러운 그의 등장에 놀라 얼어붙었다.

"그렇게 그는 완벽하게 착지했도다!" 마우이가 자랑스럽게 말했다.

충격에서 벗어난 몇몇 남자아이가 근처에 있던 코코넛 나무에서 미끄러져 내려와 입을 떡 벌리고 마우이를 쳐다보았다. 지금까지 반신에 관해서는 이야기만 들었는데, 그가 지금 여기에 있다니! 이곳

모투누이에! 다른 사람들도 눈을 크게 뜨고 더 가까이 다가왔다. 마우이는 사람들의 관심을 한 몸에 받았다.

"그래, 만끽하라고. 소란 피워서 미안하고." 마우이가 말했다. 그러다 그가 여기 온 이유를 떠올렸다. "시메아를 찾고 있어, 미니 마우이? 여기 혹시—."

"제가 시메아예요." 작은 목소리가 대답했다. 마우이는 아래를 내려다보았다. 작은 소녀가 낯익은 큰 눈으로 자신을 쳐다보았다. 마우이의 착지 때문에 모래를 뒤집어쓴 모습이었다. 마우이가 모래를 털어 주려고 몸을 숙이자, 놀랍게도 소녀는 그의 귀를 잡고 덧붙였다. "모투누이의."

마우이는 고개를 끄덕였다. 이 또한 익숙했다. "하하, 그래, 네가 시메아구나." 마우이는 확신했다. 그리고 귀를 놓아 달라고 손짓했다. 마침내 시메아가 귀를 놓아 주자 그는 곧바로 몸을 펴고 말했다. "사실 네 언니가 널 위한 선물을 주라고 날 보낸 거야."

모아나의 이름이 언급되자 시메아의 눈이 반짝였다. 시메아는 손뼉을 치며 선물을 받고 싶어 발을 동동 구르며 춤을 췄다.

마우이는 뭔가를 찾으려 자신의 풀 치마를 뒤졌다. "자, 여기." 마우이는 동그란 조개껍데기를 내밀며 말했다. "모투페투에서 직접 가져왔어."

시메아는 어리둥절한 표정으로 선물을 받아 들고는 이리저리 살펴보았다. "이게 뭐예요?"

마우이는 몸을 숙여 조개를 들어 올렸다. 가운데에 구멍이 있었다. 마우이는 시메아에게 그 구멍을 들여다보라고 손짓했다. 시메아는 천천히 그것을 눈에 대 보았다. 그러고는 숨을 들이켰다. 저 멀리, 산호섬 너머에 모아나가 있었다! 모아나는 카누 앞에 서 있고, 선원들이 그 뒤에 있었다. 모아나가 집으로 돌아왔다!

"*내 동생!*" 모아나가 외치는 소리가 파도를 넘어 퍼져 왔다.

"*언니!*" 시메아도 얕은 물을 향해 달려가며 소리쳐 답했다.

모아나가 카누에서 뛰어내리자 그녀가 시메아에게 달려갈 수 있도록 바다가 갈라졌다. 잠시 후 둘은 서로 부딪히며 동시에 웃고 울었다. 그리고 엄마와 아빠도 거기로 와서 두 팔을 벌려 모아나를 안았다.

마침내 이들은 서로에게서 떨어져 해변으로 돌아왔다. 그때 투이 족장은 미소를 지은 채 딸을 바라보며 물었다.

"그래서, 이번엔 어땠니?"

그들은 돌아서서 바다 곳곳에서 온 수십 척의 카누가 수평선 위에 나타나는 것을 보았다. 아버지의 시선을 마주하며 모아나는 미소 지었다.

✹ ✹ ✹

모아나와 선원들은 모투누이에 도착한 후 며칠 동안은 옛 일상에 적응하고, 해변에 도착한 새로운 방문객들을 환영하느라 바쁜 시간을 보냈다. 로토와 다른 기술자는 초대형 카누를 만들 계획을 세웠고, 켈레는 제자와 함께 새로운 과일을 공유했고, 모니는 열광하는 군중에게 자신들의 모험 이야기를 들려주었다.

삶은 정상으로 돌아왔지만, 예전과 같은 것은 아무것도 없었다. 모아나뿐만 아니라 모든 선원이 항해를 한 뒤 변했다. 그리고 모투 누이에 새로운 사람들이 도착하면서 새로운 세상이 열렸다.

하지만 상황이 안정되기 시작하자, 모아나는 마지막으로 해야 할 일이 있다는 것을 기억했다. 그래서 코투를 배에 태우고, 그녀와 마우이는 다시 카카모라 섬으로 돌아가 그를 가족의 품으로 돌려보냈다. 마지막 약속까지 지켰다.

이제 모아나와 마우이는 카누의 앞쪽에 서 있다. 그들 뒤로 카카모라 고향 섬이 멀어져 가고 있었다.

"어디로 갈까?" 마우이가 그의 소중한 친구에게 물었다.

모아나는 미래가 어떻게 펼쳐질지 확신할 수 없었지만, 이제 알아낼 준비가 되었다. 그녀는 돛을 올리고, 마우이를 바라보았다.

"뭐든 꽉 잡는 게 좋을 거야." 모아나는 활짝 웃으며 말했다.

에필로그

모투페투에서 아주 멀리, 멀리 떨어진 왕국에도 밤이 찾아왔다. 하지만 어둠 속에 살고 있는 누군가에겐 모아나와 마우이가 한 일의 영향이 너무나도 가깝게 느껴졌다.

조개 감옥에서 갓 자유의 몸이 된 마탕이는 박쥐 떼와 함께 땅으로 미끄러지듯 내려왔다. 그녀 주위의 짙은 안개가 순식간에 사라졌다. 그때… 쾅! 마탕이의 발치에서 번개가 폭발하자 마탕이는 걸음을 멈췄다.

마탕이는 보라색 눈을 가늘게 뜨고 아래를 내려다보았다. 번개가 작은 불씨를 일으켰다. 그녀는 무심히 불을 끄기 위해 불꽃을 밟았다. 음, 그리 유쾌한 환영은 아니군. 하지만 놀랍지 않았다. 누가 번개를 던졌는지 정확히 알고 있으니까.

"빗나갔네, 날로." 마탕이는 목소리에서 짜증을 감추려고도 하지 않고 쉬익 하는 소리를 냈다.

잠시 후, 옅어지는 안개 속에서 한 형체가 모습을 드러냈다. 폭풍 구름으로 빚어진 거대한 몸에 두 개의 빛나는 하얀 눈이 마탕이를 뚫어지게 쳐다보고 있었다. 그 눈은 마치 번개처럼 보였고, 머리와 상체는 인간과 비슷했지만 다리는 연기로 되어 있었다. 그는 공간을 울리는 목소리로 불평을 내뱉었다.

바로 날로였다.

날로는 다시 한번 번개를 날렸다. 이번엔 페카를 맞췄다. 페카는 그을린 채 날아갔다. 마탕이는 감흥이 없는 듯 곁눈질로 쳐다보았다. 날로는 그녀를 두렵게 하지 못했다. 아니, 사실 그녀를 그저 화나게 할 뿐이었다.

"인간이 모투페투에 절대 도달해서는 안 됐다." 천둥이 울리는 듯한 소리로 날로가 말했다. "내 저주를 깨는 것도."

마탕이는 잠시 멈춰 신중하게 말을 골랐다. 모아나는 그녀를 놀라게 했다. 마탕이가 예상했던 것처럼 나약하고 징징대는 인간이 아니었다. 모아나는 마탕이가 아는 그 어떤 신이나 반신보다 더 많은 열정과 힘, 용기를 지녔고 신념 또한 강했다. 물론 그 말을 입 밖으로 내진 않겠지만, 모아나가 자랑스러웠다…. 그 소녀는 자신의 길을 찾아냈다. 게다가 그 과정에서 자신을 자유롭게 해 주었다. "글쎄, 난 잘 모르겠네…" 그러다 잠시 후 덧붙였다. "그녀는 네가 생각했던 그런 존재가 아니야."

　그것은 날로가 원하던 답이 아니었다. 이제 그는 부글부글 끓어
올랐다. 그리고 위로 솟아오르기 시작했다.

　"그렇다면 그녀의 이야기는 반드시 끝나야 한다!"